推石上山这场搏斗本身，就足以充实一颗人心。

La lutte elle-même vers les sommets suffit à remplir un cœur d'homme.

读客®

读客三个圈经典文库

经典就读三个圈　导读解读样样全

LE MYTHE DE SISYPHE

西西弗神话

[法]阿尔贝·加缪 著

李玉民 译

读客三个圈经典文库

经典就读三个圈　导读解读样样全

江苏凤凰文艺出版社
JIANGSU PHOENIX LITERATURE AND ART PUBLISHING

图书在版编目（CIP）数据

西西弗神话 /（法）阿尔贝・加缪著；李玉民译
. -- 南京：江苏凤凰文艺出版社，2021.2（2025.12 重印）
（读客经典文库）
ISBN 978-7-5594-4624-4

Ⅰ. ①西… Ⅱ. ①阿… ②李… Ⅲ. ①随笔 - 作品集
- 法国 - 现代 Ⅳ. ① I565.65

中国版本图书馆 CIP 数据核字 (2020) 第 189658 号

西西弗神话

［法］阿尔贝・加缪　著　　李玉民　译

责任编辑	丁小卉
特约编辑	张楚悦　　李亚茹
封面设计	汪　芳
责任印制	刘　巍
出版发行	江苏凤凰文艺出版社
	南京市中央路 165 号，邮编：210009
网　　址	http://www.jswenyi.com
印　　刷	三河市中晟雅豪印务有限公司
开　　本	880 毫米 ×1230 毫米　1/32
印　　张	6.5
字　　数	124 千字
版　　次	2021 年 2 月第 1 版
印　　次	2025 年 12 月第 22 次印刷
标准书号	ISBN 978-7-5594-4624-4
定　　价	45.00 元

OFFICIAL EDITION OF

LE MYTHE DE SISYPHE

PUBLISHED BY DOOK MEDIA GROUP

THE ALBERT CAMUS ESTATE HEREBY CERTIFIES THAT DOOK MEDIA GROUP'S 2021 EDITION OF LE MYTHE DE SISYPHE IS THE ONLY EXCLUSIVE CHINESE VERSION THAT IT OFFICIALLY RECOMMENDS AND SUPPORTS IN P. R. CHINA (HONG KONG, MACAU, AND TAIWAN EXCLUDED).

DATE: 5 Nov 2021. SIGNATURE:

读客版《西西弗神话》
官方认证证书

读客文化于2021年出版的《西西弗神话》为加缪基金会唯一指定推荐版。

卡特琳娜·加缪（阿尔贝·加缪之女）

加缪基金会代表人

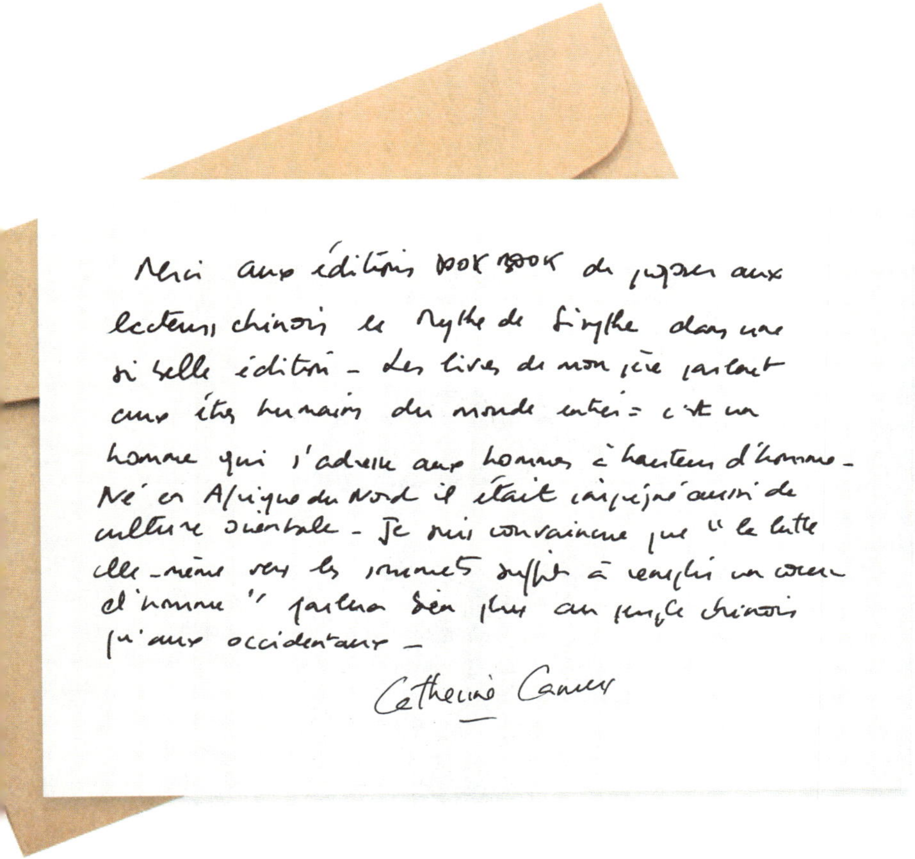

Merci aux éditions DOOK BOOK de proposer aux lecteurs chinois le Mythe de Sisyphe dans une si belle édition. Les livres de mon père parlent aux êtres humains du monde entier : c'est un homme qui s'adresse aux hommes à hauteur d'homme. Né en Afrique du Nord il était imprégné aussi de culture orientale. Je suis convaincue que "la lutte elle-même vers les sommets suffit à remplir un coeur d'homme" parlera bien plus au peuple chinois qu'aux occidentaux.

Catherine Camus

感谢读客文化为中国读者出品这版漂亮的《西西弗神话》。我父亲的著作是为全人类所写的：他将所有人看作平等的，并为他们发声。虽然他出生于北非的阿尔及利亚，但也深受东方文化影响。比起西方的读者，我深信“推石上山这场搏斗本身，就足以充实一颗人心”对中国读者来说有更深的意义。

卡特琳娜·加缪（阿尔贝·加缪之女）

地狱中的西西弗在冥后珀耳塞福涅的监督下推石上山

Persephone supervising Sisyphus pushing his rock in the Underworld.
Side A of an Attic black-figure amphora, ca. 530 B.C. From Vulci.

提香笔下的西西弗
Sisyphus
Titian，1549

亚伯拉罕·凡·迪彭贝克笔下的西西弗

Sisyphus

Abraham Van Diepenbeeck，1655

Petit Palais, musée des Beaux－arts de la Ville de Paris

兰格蒂笔下的西西弗

Sisyphus

Giovanni Battista Langetti，1660

詹奇笔下的西西弗

Sisyphus koning van Korinthe

Antonio Zanchi，1665

斯塔克笔下的西西弗

Sisyphus

Franz von Stuck，1920

献给帕斯卡尔·皮亚[1]

1　帕斯卡尔·皮亚（1903—1979），法国当代作家、记者、插图画家，加缪的好友。1942年，加缪参加抵抗运动，曾在皮亚领导下从事文化、新闻方面的工作。——译者注（若无特别说明，本文中注释均为译者注）

吾魂哟勿求永生，

但尽人事之可能。

——品达[1]

引自《特尔斐竞技会颂歌之三》

1 品达（约前518—前442或前438），古希腊诗人。

目录

荒诞的创作

附录

独家文学手册

加缪自序[1]

对我而言，《西西弗神话》标志着一个想法的开始，这个想法又延续到《反抗者》。本书尝试解决的问题是自杀，《反抗者》讨论的则是杀人，两者均未考虑永恒价值；在当代欧洲，这些价值不复存在或遭到扭曲，或许是暂时性的。《西西弗神话》的根本主题是：思考生命是否有意义是正当且必要的，因此直面自杀问题也是正当的。表面矛盾之下且贯穿其间的答案是：即便不信仰上帝，自杀也并不正当。本书写于15年前，即1940年，当时法国乃至欧洲深陷灾难之中。本书认为，即便在虚无主义的局限下，仍可找到超越虚无的方式。在此后的所有写作中，我一直尝试追求这种超越。虽然《西西弗神话》讨论的是死亡问题，归纳起来，却成为我在这片荒漠之中

1　本序言由法语原文直译，是加缪为1955年美国版《西西弗神话》所作的序言。——编者注

活着和创作的明晰理由。

于是我想，可以用一系列随笔阐释这一论点，在创作其他作品之余，我也从未停止这类创作。这些文章更像抒情诗，阐释的都是从认可到否定这一必不可少的起伏变化，在我看来，这正是艺术家及其艰难使命的写照。贯穿本书的是艺术家对为何活着和创作的反思，忽而冷酷，忽而热切。15年过去了，我已经跨越了书中的一些立场，但我认为，我始终坚守促成这些立场的迫切感。正因为这一点，从某种意义上说，本书是我的英文版书籍中最私人的一本，因此更加需要读者的宽容和理解。

阿尔贝·加缪

1955年3月于巴黎

（王林园　译）

荒诞推理

真正严肃的哲学命题只有一个，那便是自杀。
判断人生是否值得，就是回答哲学的根本问题。

荒诞与自杀

真正严肃的哲学命题只有一个，那便是自杀。判断人生是否值得，就是回答哲学的根本问题。至于世界是否呈现三维，精神分成九等还是十二等，诸如此类都等而下之，无异于游戏，首先必须回答这个命题。若真如尼采所言[1]，一位哲学家要受人敬重，就必须身体力行，那么就能领悟这种回答的重大意义，因为言出必行，要有义无反顾的举动。这完全是心知肚明的事，但是还得深入探讨，才能让思想也能明了。

假如我问自己，凭什么判断这个问题比那个问题紧迫，我的回答就是要看这个问题所连带的行为。我从未见过有谁为本体论而死。伽利略掌握一个重要的科学真理，生命一旦因此

1　弗里德里希·尼采写道：“我敬重一位能做出表率的哲学家。毫无疑问，他凭着榜样才能带领全体人民……不过，这种榜样应当由显而易见的生活，而不是仅仅由书本提供的……”引自尼采的《非现实考虑》第三章《教育者叔本华》。——原编者注

而堪忧，他便轻而易举地舍弃真理。在一定意义上，他做得也对，那个真理不值火刑柴堆的费用。地球和太阳，究竟哪个围着哪个转，这根本就是无所谓的事。说穿了，这就是个无聊的问题。反之，我倒看见许多人求死，就是认为生命不值得活。我还看到另一些人极为反常，为了那些向他们提供生的理由的思想或者幻想（所谓生的理由，同时也是死的绝妙理由），就献出了生命。由此我判定，生命的意义是最为紧迫的问题。如何回答呢？纵观所有根本问题，我指的是可能导致人走向死亡的问题，或者大大激发生的欲望的问题，恐怕也只有两种思维方式：拉帕利斯[1]的方式和堂吉诃德的方式。明显的事实与抒情的表达，只有保持平衡，才能同时让人进入感动和明察的状态。在一个如此平常又如此悲怆的主题中，古典奥博的辩证法，可以想见，必当让位于一种更为谦抑的精神态度，即发自常情常理和善气迎人的态度。

论及自杀，向来被视为一种社会现象。这里则相反，首先要弄清楚个人思想与自杀的关系。这样一种行为，堪比一部伟大作品，是在心灵的幽寂中酝酿的，当事者本人并不知晓。一天晚上，他开了枪，或者扎入水中，一个房产公司的经理自杀了，有一天人家告诉我，丧女之痛折磨了其五年；人已经脱相，正是这件事“毁了他”。不能期望更确切的词了。开始思虑，就是开始

1 拉帕利斯（1470—1525），法国元帅，骁勇善战，奋不顾身，战功卓著，部下称颂他：“死前一刻，他依然存活。”

自毁。这类事情的开端，跟社会没有多大关系。蛀虫自在人心，必须深入人心去寻找。这种死亡游戏，从面对生存的清醒，到逃离光明，人应该跟踪并理解这种游戏的始末。

一场自杀有许多缘由，一般来说，最明显的不见得是最致命的原因。很少有人三思而后自杀（然而，不能排除这种假定）。引发危机的因素，几乎总是无法确认的。报纸常说“难言之隐”，或者“不治之症”，这种解释倒也成立。但是必须了解出事的当天，绝望自杀者的一个朋友是否用满不在乎的口气跟他讲过话。如果有，那么此人便有罪过。因为这一助推，就足以让尚在悬浮的所有怨恨、全部厌弃一发而不可收拾了。

不过，思想把赌注押在死亡的精确时刻、微妙举措，如果说很难确定的话，那么从这种行为本身，就容易得出其假定的后果了。自杀，在一定意义上，如同在情节剧中那样，就是承认了，承认自己跟不上或者不理解生活了。我们在这些类比中也不要走得太远，还是回到日常生活用语吧，就是仅仅承认这“不值得”。自不待言，生活，从来就不是易事。人总是持续地做出生存所号令的举动，出于种种原因，头一条就是习惯。情愿死亡就意味着确认了——即使本能地确认了这种习惯的可笑性，确认了活在世上缺乏深刻的理由，确认了每天这样躁动的荒谬性，毫无必要受苦受难。

究竟是什么无法估量的情感，剥夺了精神的睡眠，生命不可或缺的睡眠呢？一个甚至能用歪理解释的世界，总还是一个熟悉的世界。反之，在一个突然被剥夺幻想和光明的天地中，人就感到自己是世外人了。这种流放则无可挽救，只因对丧失的故土的回忆，乃至对乐土的期望，通通被剥夺了。这种人与其生活的脱离，演员与其舞台景物的脱离，恰恰就是荒诞感。所有身心健全的人，都曾想过本身的自杀，无须更多的解释就可以确认，自杀的情结同向往虚无有一种直接的联系。

这部论著的主题，也正是荒诞与自杀之间的这种关联，通过自杀解决荒诞的切实手段。原则上可以肯定，一个不会弄虚作假的人，他信以为真的事就势必决定他的行动。相信人生的荒诞性，这种认识就必定支配一个人的行为。世界的这种秩序所得出的结论，是否要求人尽快脱离一种不可理解的生存状况，不必抱着虚假的悲怆情怀，明确地这样扪心自问，这是一种正当的好奇心。我这里所指的，当然是打算表里如一的人。

这个问题明确地表述出来，就显得既简单又无从解决了。然而，假定简单的问题必引出同样简单的回答，显而易见的事就意味着显而易见，那可就错了。如果先就把这个问题颠倒来说，如同自杀或不自杀一样，在哲学上似乎也只有两种解决办法，即“是”还是“否”，那真是太美妙了。但是，还必须考虑到另一部分人：他们一直发出疑问，却不下结论。而且，这种人是大多数，我这么讲并非戏言，我也同样看到，还有一些人回答“否”，但在行动上心里仿佛想着“是”。事实上，我若是接受尼采的标准，那么不管是这种方式还是那种方式，他们想着同一个“是”。反之，那些自杀的人，则往往确信了生命的意义。这类矛盾屡见不鲜。甚至可以说，在反而极渴望逻辑性的这一点上，矛盾却从未显得如此鲜明。拿他们的行为对比他们宣扬的哲学理论，不过是老生常谈罢了。但是也应指出，在拒不认为人生有意义的思想家中，除了文学作品人物基里洛夫[1]、传奇人物佩尔格里诺斯[2]以及善于假说的儒勒·勒基埃[3]之外，谁也不会将自己的逻辑推演到否定人生。提起叔本华在丰盛的宴席上还赞美自杀，大家经常引为笑谈。其实，这毫无可笑之处。这种不严肃对待悲剧的方式，算不上多么严重，不过，这种方式最终要判断其人。

面对这种种矛盾和种种费解，难道就可以认为，对人生持什么看法，同轻生之举就毫无关系吗？在这方面，千万不要夸大其词。在人对生命的依恋中，有某种比人世所有苦难更强大的东西。肉体的判断抵得上精神的判断，而在毁灭面前，肉体是要退缩的。我们先养成活在世上的习惯，然后才学会思考的习惯。在人生的旅途上，每天都把我们推向一点死亡，肉体则无法挽回地保持领先地位。总而言之，这种矛盾的要点，寓于我将称之为“闪避”之中，比起帕斯卡尔所说的“移开”，

1 基里洛夫，陀思妥耶夫斯基的长篇小说《群魔》中的主要人物之一。

2 佩尔格里诺斯，希腊犬儒派哲学家，于165年奥林匹克运动会上自焚。“我听说战后一位作家，要与佩尔格里诺斯比试高低，他完成处女作之后便自杀，以期引人关注他的作品。的确引人注意了，但是认为他的书实在低劣。”——作者原注

3 儒勒·勒基埃（1814—1862），法国哲学家，在海上游泳力竭溺水身亡。

“闪避”既少点什么，又多点什么。闪避死亡成为本文的第三主题，即希望。希望另一种必须“值得”的人生，或者像那些弄虚作假的人，他们活着不是为了生活本身，而是为了超越生活，把生活崇高化的伟大思想：这种弄虚作假赋予人生以某种意义，同时也背叛了人生。

就这样，什么都插一手，越搅越乱。有人迄今还一直玩弄辞藻，佯装相信否认人生的意义，势必导致宣称人生不值得一过，而且他们的说辞也不无影响。其实，这两种判断之间，并无任何硬性的尺度。只不过，不要受迷惑，接受这里所指出的混淆视听、离谱和自相矛盾的言论。必须排除这一切，直趋真正的问题。人自杀就因为活得不值，这无疑是一条真理，但这不言自明，因而很贫乏。这种对人生的侮辱，这种对人生的彻底戳穿，难道是源于人生根本无意义吗？难道人生荒诞就要求人通过希望或自杀逃避人生吗？这必须澄清，必须排除其余的一切，探究并阐述明白。荒诞就导致轻生吗？必须给这个问题优先权，不去管各种各样的思想方法以及无私精神五花八门的把戏。论及任何问题，一种“客观”精神总善于引入的差异、矛盾、心理学，在这种探索和激情中就没有位置了。这里只需要一种无来由的思想，即逻辑。这并不容易。讲讲逻辑，倒是不费力气。但是，要把逻辑贯彻到底，几乎就是不可能的事。亲手结束自己生命的人，就是这样沿着他们感情的斜坡，一直滑到终点。思考自杀的问题，也就给了我机会，提出我唯一感兴趣的问题：一直到死都合乎逻辑吗？要想弄个水落石出，我只能排除混乱的激情，单凭明显事实之光，继续我在这里指明其根源的推理。这便是我所说的荒诞推理。许多人开始这样做了。我还不了解他们是否会坚持做下来。

卡尔·雅斯贝尔斯[1]揭示世界根本不可能组成一个统一体时，他就这样高呼："这种局限将我引向自我，而一进入自我，我就不再躲到只为表现的一种客观观点后面了，而且对我而言，无论我本人还是他人的存在，也都不会再成为对象了。"他步许多人后尘，又提起思想已抵达其边缘的那些无水荒凉的地方。步许多人后尘，是啊，毫无疑问，可是有多少人都急于退出来呀！到这最后的转弯处，思想摇摆起来，许多人到达了，属于最卑微的人。于是，他们舍弃了他们最为珍视的生命。而另一些人，精神领域的王子们，他们也舍弃了，但是他们在最纯粹的精神叛逆中，杀死了自己的思想。真正的努力反而在于坚持，竭尽可能地坚持，并且近距离察看那种遥远国度的怪异的草木。在这场非人的游戏中，荒诞、希望和死亡都彼此批驳，而执着和洞察才是得天独厚的观察者。这场舞蹈既简单又精妙，因此，精神可以先分析舞者的形象，然后再彰显之，并且亲身体验。

1　卡尔·雅斯贝尔斯（1883—1969），20世纪德国哲学家，为现代存在主义哲学奠定了基础。他在《哲学的远见》（1948）和《哲学信仰与启示》（1962）中，主张建立世界哲学，其任务是制定一种思维程式以有助于建立自由的世界秩序。他从存在哲学转变到世界哲学，是基于一种信念，相信有一种逻辑可使人类得以自由交流信息。

荒诞之壁

深挚的情感犹如伟大的作品，总比有意表达出来的蕴含更多。心灵的某种活动或者反感所具有的恒定性，也在所为或所思的习惯中再现，还延续到心灵本主都不知晓的后果中。伟大的情感游荡时，总携带着自己的宇宙，不管是辉煌的还是悲惨的宇宙。伟大的情感以其激情，照亮一个排他性的世界，并在其中重获自己的氛围。无论忌妒、野心、自私还是慷慨，都有自己的一洞天地。所谓一洞天地，就是一种形而上学和一种精神姿态。已经专一化了的情感，既然有真实的流露，那么初发的激情就会流露出更多的真实：初发的激情宛若美感或荒诞引起我们的反应，都同样未确定，都同样模糊而又同样真切，都同样遥远而又同样“近在眼前”。

无论哪个人，走到哪条街的拐角，荒诞感都会扑面而来。原本原样，赤裸裸的实在败兴，明亮却没有光芒，又难以捕捉。然而，这种难题本身就发人深省。一个人对我们来说始终是陌生的，情况大概确实如此：他身上总有什么我们把握不住的东西。然而，通常我认识这些人，我通过他们的举止、他们的行为总和，通过他们所经之处给生活留下的后果，就能认出他们来。同样，所有这些非理性的情感，想分析都无从下手，我却通常能够确定，通常也能品评，也就是说，将这些情感的全部后果归拢到智力范畴，抓住并记录其各种各样的面孔，再勾画出情感的天地来。可以肯定，同一个演员，即使我看了他上百场演出，也未必更好地了解他本人。然而，如果我把他扮演过的人物归拢起来，如果清点到一百个人物时，我说少许了解他了，大家就会感到我这话有几分道理。只因这种表面上不合理的事物，也是一种简单的寓言，有一定的教益，能让人了解，既可以通过他演的戏，也可以通过他的真情冲动来界定一个人。同样的道理，一种低调、一些心中难容的情感，也会因其激发起来的行为，因其假定的精神姿态，部分暴露出来。大家会明显感到，我这是在确定一种方法。不过，大家也会同样感到，这是分析方法，而非认识方法。因为，方法也包含着形而上学，会不知不觉暴露出有时坚称还不甚了了的结论。一本书也是如此，结果在开篇就有所表露——这种盘根错节无法避免。这里界定的方法宣扬这种感觉——不可能完全认识真相。唯有表象可以量化，氛围可以感知。

这种难以捕捉的荒诞感，我们也许能在迥异但友爱的世界

中不期而遇，那便是智力的、生活艺术的或者纯艺术的世界。从一开始就有了荒诞的氛围结局，就是荒诞世界和这种精神姿态，须知精神姿态是用自己特有的光照亮世界，并且能从自身认出这张得天独厚的冷酷面孔，以便使之大放光彩。

但凡伟大的行动，但凡伟大的思想，都有一个不起眼的开端。伟大的作品往往诞生在一条街的拐角，或者一家餐馆的小门厅。荒诞也是如此。荒诞世界还甚于别的事物，更能从这种卑微的出身赢得高贵的身份。在某些场合，一个人用“没什么”回答关于他的思想本质的提问，也许就是一种敷衍。被对方爱的人都心知肚明。话又说回来，假如这一回答是真诚的，反映出这种特殊的心态，即空虚富有深意，日常行为的链条断了，心灵无奈地寻找重新接起来的一环，那么，这种回答就可视为荒诞的第一个征象了。

有时候，布景会坍塌。起床，乘电车，在办公室或工厂干四小时，吃饭，乘电车，再干四小时，吃饭，睡觉，而且星期一、星期二、星期三、星期四、星期五和星期六，全是同样的节奏，大部分时间里，这条路走得相当顺畅。不过有一天，突然萌生“为什么”的疑问，在这种带有惊讶色彩的厌倦中，一切就开始了。“开始了”，这很关键。一种机械生活的行止，到头来就是厌倦，但是厌倦也同时开启了意识的活动。厌倦唤醒了意识，并且挑起了一系列状况。一系列状况就是不自觉地回顾生活链条，换言之，这是最终的觉醒。随着时间的推移，觉醒到一定程度，便有了后果：自杀或者复萌故态。厌倦本身，有其令人作呕的成分。可是在这里，我应得出结论：厌倦是有益的。因为，一切都始于意识，只有通过意识才有价值。这些见解毫不独特，但是显而易见：用在一时就足够了，正好可以粗略地辨识荒诞的根源。简单的“思虑”是一切的初始。

同样，日复一日，生活毫无光彩，同时裹挟着我们。然而，总会有那么一刻，应当裹挟时间了。我们生活在未来：“明天”“以后”“等你混出个样儿来”“等你长大就会明白”，这些不着调的话令人赞叹，因为最终，就关系到死亡了。总归有那么一天，人觉察到，或者说，他已三十岁了。他这样也是强调年轻，但是这样一来，他就根据时间给自己定位了，他在时间里就位了。他承认自己处于人生弧线的某一时间点上，从而表明他应当走完全部路程。他从属于时间了，不免心生恐惧，确认了时间是他的死敌。明天，他盼望明天，而他全身心本该拒绝的。肉体的这种反抗，就是荒诞[1]。

再低一个层次，就是陌生性了：发现世界“厚实”，看出一块石头陌生到何等程度，我们感到无能为力，大自然显示何等强度，一处风景就可以否定我们。自然美的深处，无不潜伏着非人的东西：就说这些山峦、天空的晴和，这些树木曼妙的

1 这并非本义上的荒诞。这里不是下定义，而是要列举一些可能包含荒诞的情感。列举完了，也并没有说尽荒诞。——作者原注

图景，转瞬间就丧失了我们所赋予的幻想的意义，从此就跟失去的天堂一样遥不可及了。世界原初的敌意，穿越了数千年，又追上我们了。这个世界，一时间我们看不懂了，只因多少世纪以来，我们所理解的世界，无非是我们事先赋予它的各种形象和图景，只因从此以后，我们再无余力使用这种伎俩了。世界又恢复原样，也就脱离我们的掌握了。这些由习惯遮饰的布景，又恢复了本来的面目，离我们远去了。同样，本来一位女子熟悉的面孔，已经爱了数月或数年的一位女子，有些日子忽然觉得是个陌生人了，甚至可以说，我们也许渴望使我们突然如此孤独的东西。不过，时间还没有到。唯一可以肯定的是，世界的这种厚实和这种陌生性，正是荒诞。

人也同样展现出非人性的东西。在清醒的某些时刻，他们行为机械的样子，毫无意义的忸怩作态，能把他们周围的一切变得荒谬至极。一个男人在玻璃电话亭里打电话，别人听不到声音，却看得见他那毫无意义的手势，这让人不由得发出疑问，他为什么活着。面对人本身的非人性所产生的这种嫌恶，面对我们本身形象的这种无法估量的堕落，还有，如同一位作者所称我们时代的这种“恶心”[1]，这些也都是荒诞。同样，在某些瞬间，陌生人在镜子里朝我们走来，再熟悉不过却又令人不安的兄弟，在我们的相册里重新见面，这还是荒诞。

1　加缪评述了萨特的小说《恶心》，文章发表在《共和阿尔及尔》杂志上（1938年10月20日）。

终于该谈谈死亡了，谈谈我们对死亡的感受。这个话题已经说尽，谨防再唠叨些悲天悯人的话。人人都活在世上，却好像谁也“不知道”似的，对此世人怎么表示惊讶也不过分。这是因为，实际上并没有死亡的经验。就本义而言，只有生活过的，并且意识到了，才算是经验过了。这里，仅仅探讨一下，是否可能谈谈别人死亡的经验[1]。这是一种代用品，精神上的一种看法，我们自己也从来不会特别信服。这种约定俗成的伤悲，也不可能令人信服。其实，恐惧来自死亡事件的数学方面。如果说时间让我们畏惧，那是因为时间进行了演示，随后才是答案。关于灵魂的所有漂亮的演说，在这里，至少此刻要接受其相反观点的粗略验算。灵魂从这打耳光也留不下痕迹的僵体中消失了。这种偶发事件最终的基本面，就构成了荒诞感的内容。在这种命运的死亡的光照下，百般无用显现了。任何道德、任何成果，面对支配我们生活状况的血腥的数学，都不能先验地得到证实。

重复一遍，这一切都已经一说再说了。我在这里只是简括地归类，指出这些显而易见的主题。这些主题贯穿在所有文学作品和所有哲学作品之中，也充斥于每日的谈话，没有必要重新制造出来。但是，必须首先确认这些明显的见解，才可能接着探讨首要的问题。我所感兴趣的，再重复一遍，主要不是荒

1　加缪既受克尔凯郭尔《哲学片段·附言》的启发，也受海德格尔《形而上学是什么》的启发。

诞的发现，而是发现荒诞的后果。如果确认了这些事实，那么应当得出什么结论呢？什么也不避讳能走到什么地步呢？就该情愿一死，还是不顾一切抱着希望不放呢？在心智的层面上，也必须预先同样快速地清点一下。

思想的头一个活动，就是辨识真伪。然而，思想一旦反思，那么首先发现的却是一种矛盾。在这个问题上，极力说服人是徒劳的。多少世纪以来，论述这个问题，谁也比不上亚里士多德这么明晰、这么精彩：

> 这些观点，后果备受嘲笑，也就不攻自破了。因为，肯定一切皆真，我们就肯定了对立观点肯定的真理，从而也就肯定了我们自己论点的谬误（因为对立观点的认证不容许我们的论点是真的）。如果说一切皆伪，这种论断同样是谬误。如果声称只有同我们对立的论断是错的，或是唯独我们的论断不是错的，那么就不得不接受无限数量或真或伪的判断了。因为，一个人提出一个正确的论断，那么同时也就宣称这个论断是真理，如此类推，以至无穷。[1]

1　出自亚里士多德《形而上学》第四卷第八章。

这仅仅是一系列恶性循环的第一个，进行反思的思想深陷其中，迷失在令人眩晕的旋涡里。这些悖论简单明了到无以复加的程度。不管搞什么文字游戏、逻辑杂耍，理解——首先就是整合。精神深层次的渴望，即便在演化最快的活动中，也要会合人面对自己天地的无意识感，就是要求认同，渴求明确。对人而言，理解世界，就是把世界压缩为人性，打上人的烙印。猫的世界就不是食蚁兽的世界。“任何思想都打上人格的烙印”，这句话没有别的意思。同样，精神力图理解现实，只有把现实压缩成思想术语时，才能心满意足。如果能看出世界也同样会爱和感到痛苦，那么人就会心平气和了。如果思想在外界现象的哈哈镜里发现了永恒关系，既能把现象概括起来，自身又能概括为唯一的原则，那就可以侈谈精神的幸福了，而这些幸福者的神话，也不过是一件可笑的赝品。这种对一体化的眷恋，这种对绝对的渴求，表明了人类悲剧的基本演变。即使这种眷恋成为事实，也并不意味着它必然立即得到缓解。因为，如果我们跨越了横亘在渴望与获取之间的深渊，同巴门尼德[1]一起肯定单一为现实（不管哪种单一），那么我们就跌进精神的可笑矛盾中：这种精神肯定完全一致，并以其肯定本身来证明它自己与众不同，证明它声称解决的分歧。这是另一种恶性循环，足以扼杀我们的希望。

1 巴门尼德（约前515—约前440），希腊哲学家。

这些仍是显而易见的事实。我再次重复，它们的趣味不在于本身，而在于可能引出的后果中。我了解另一个明显的事实：它告诉我人必有一死，可以历数从中得出极端结论的那些智者。要知道，我们想象中了解的和实际了解之间的恒定差距，实际的认同和假装的无知之间的恒定差距，在本论著中必须视为永久的参照。至于假装的无知，正是让我们抱着一些观念活在世上，而这些观念，我们真若亲身体验一番，那就势必打乱我们的全部生活。面对精神的这种纠缠不清的矛盾，我们恰恰可以完全把握一点：将我们同我们的创造物拆开的分离。思想只要在它希望的静止世界中缄默，就会在它眷恋的一体中井井有条。然而，思想只要动一动，这个世界就会断裂并倒塌；无穷的闪光碎片蜂拥呈现在认识的面前。根本无望了，再难重建能使我们心灵宁静的那种亲切而平静的表层。探索了多少世纪之后，多少思想家前赴后继，我们十分清楚，对我们的全部认识，这是千真万确的。除开职业的唯理论者，如今对真正的认识都不抱希望了，如果只能写一部人类思想有深意的历史，那么就应该写成人不断懊悔而又无能为力的历史。

的确如此，提起谁，提起什么，我能说："这我知道！"胸膛里这颗心，我能感受到，能判断它存在。这个世界，我能触摸到，也能判断它存在。我的全部学识到此为止，其余的就是构筑了。因为，我所确认的这个"我"，如果我试图抓住，如果我试图确定下来并加以概括，那么"我"就会完全化作水，从我的手指缝儿里流走了。我可以一一画出“我”所能呈现的各种面孔，也能一一画出别人赋予“我”的各种面孔，表现这种教育、这种出身、这股热情或者这种缄默、这种高尚或者这种卑劣。可是，人们并不能把这种面孔加起来，甚至我这颗心，我也永远确定不了。我确信自己的存在，我还力图给这种确信提供内容，但这两者之间的沟壑却永远也填不平。我对我本人，始终是陌生的。在心理学上犹如在逻辑学上，有一些真理，又根本没有真理。苏格拉底的这句“认识你自己”，和我们忏悔中说的这句“要有德行”，具有同等的价值，这两句话同时透露出眷恋和无知。这是在重大题材上进行的毫无结果的游戏，这些游戏只要靠点谱就算不错了。

再比如这些树木，我知道树皮粗糙，里面有水分，也闻到了树香。夜间，花草和星辰的芬芳，在心情轻松的夜晚，我怎么能否认我感到其强势和力量的世界呢？然而，大地的全部知识，却没有向我提供任何东西让我确信，这个世界是属于我的。你们向我描述这个世界，教我如何分门别类。你们向我列举了它的法则，而我求知若渴，也就同意这些法则真实可靠。你们还剖析世界的机制，我的希望也随之增加。到了最后阶段，你们又告诉我，这个五彩缤纷的奇妙宇宙，最终分解为原子，而原子又分解为电子。这一切看来不错，我等待你们继续下去。可是，你们却对我说，有一个肉眼看不见的星体系统，许多电子围绕着一个核运转，你们用一种形象给我解释这个世

界。于是我承认，你们到了诗的境界：那是我永远也不能了解的。我还来得及表示气愤吗？你们又改换了理论。这门本来应当让我认识一切的科学，就这样在假想中结束了。这种明晰沉没在隐喻中，这种不确定性化为艺术作品。何必让我付出这么大的努力呢？这些山峦柔美的线条、抚摩这颗慌乱的心的夜晚之手，能告诉我更多的东西。但我又回到自己的起点。我算明白了，如果说，我能通过科学掌握自然现象，并且一一列举出来，我却不能相应地理解这个世界。纵然我用手指顺着起伏的地势摸遍了世界，我也不见得了解更多。你们要我选择：要么是一种确切的描写，却不能教给我任何东西；要么是种种假想，声称能教导我，可又一点也不确切。对于我本人和这个世界，我都是陌生者，唯一可以求救的就是一种意念，而这种意念一旦要肯定什么，就自我否定了。我这是生活在什么样的状况中啊？我要想得到安宁，就只能放弃认知和生存，想进取的渴求处处碰壁，遇到坚不可摧的壁垒！一有意愿，就要引起混乱。一切都排列有序，从而诞生一种毒化的安宁，始作俑者就是这种无忧无虑、心灵的这种睡眠状态以及坐以待毙的放弃。

智慧也以其方式告诉我，这个世界是荒诞的。智慧的反面，即盲目的理性，怎么断言一切都明白无误也是枉然，我还等待拿出证据，但愿理性言之有理。不过，尽管多少世纪都那么自以为是，更有那么多令人信服的雄辩家，但我知道这是虚假的。至少在这方面，绝没有什么幸运者为我所不知。这种无论实践的还是精神的普遍理性，这种决定论、这些解释一切的各种范畴，说到底，无不有令正派的人发笑的成分。这些理性的东西，跟精神根本搭不上边，而是否认受束缚的思想乃真知灼见。在这个有限的而又看不透的世界里，人的命运从此有了意义。一大批非理性的人群起而攻之，直到最近这种意义才寿终正寝。这些非理性的人又恢复了明智，现在更同心协力，荒诞感就渐趋明朗，越发真切了。我前面说过世界是荒诞的，未免操之过急。这个世界本身就不可理喻，眼下也只能说到这种程度。其实，所谓荒诞，就是这种非理性同执意弄明白这种渴望的冲突，须知人的内心深处，总回荡着弄清世界的呼吁。荒诞既取决于人，也同样取决于世界。荒诞在目前，是人与世界的唯一纽带。荒诞将人与世界捆绑在一起，正如仇恨，唯有仇恨能把世人联系起来。我在这个无可比拟的世界中探险，所能辨别清楚的也只有上述这一点。就此打住吧，支配我同生活关系的这种荒诞，如果说我当真的话，面对世界的景观震慑我的这种荒诞感，以及探索一门科学强加给我的明智，如果说我坚信的话，那么我就应该为这类坚信牺牲一切，我就应该完全正视，以便牢牢地把握住。我尤其应该在坚信中调整我的行为，不管产生什么后果都要坚持到底。我这样讲是真心诚意的。不过，我事先还是想了解，在这大片沙漠中，思想能否存活。

我已经知道，思想至少进入了这片沙漠，并且找到了自己的面包，还在沙漠中醒悟了，尽管先前一直以幻影为食。思想趁机提出了几个最紧迫的主题，以供人类思索。

荒诞被承认之时起，就是一种激情，最撕肝裂胆的激情。但是，问题全在于要了解，人能否与荒诞的激情共生存，能否接受激情的深层法则，即同时焚毁被它激发起来的人心。这倒也不是我们将要提出的法则，这一法则处于这场探索的中心，到时候回头还要再谈。我们先得承认，这些主题和冲动产生于荒漠，只要列举出来就够了。这些也同样，已经尽人皆知了。始终有人站出来，捍卫非理性的权利。有一种可以称为受屈辱的思想，其传统从来没有间断过。对理性主义的批判未免太多，不必再做了。然而，我们的时代却重又出现这些荒谬的体系，千方百计地让理性蹒跚而行，就好像理性真的在一直往前走似的。不过，这也证明不了理性多么有效力，更证明不了理性的希望有多么强烈。看看历史，这两种态度始终并存，表明人的主要激情：一面呼唤向往一统，另一面又明白看到高墙壁垒的包围，人实在进退维谷。

不过看起来，对理性的攻击，也许任何时代也不如现时代来得猛烈。前有查拉图斯特拉[1]大声疾呼："也是天缘凑巧，

1 查拉图斯特拉（约前628—约前551），又译为琐罗亚斯德，波斯宗教改革家、先知、琐罗亚斯德教创始人。他宣扬人永生免死长享幸福的正义之国，同时宣扬二元论，即智慧之主有一个对手——阿里曼，是万恶之源。这一段引自尼采《查拉图斯特拉如是说》第三部分《太阳升起之前》。

这是世界上最古老的贵族。当我说任何永恒的意志都不肯高踞于世间万物的时候，我就是把这个头衔还给了世间万物。”后有患了不治之症的克尔凯郭尔：“这病症导致死亡，人一去世万事皆空。”荒诞思想富有深意又百般扭曲的主题层出不穷。至少可以说（而这种差异至关重要），非理性思想和宗教思想的主题就是如此。从雅斯贝尔斯到海德格尔，从克尔凯郭尔到舍斯托夫[1]，从现象学者到舍勒[2]，思想上全是一家人，由他们的眷恋结成亲族，活跃在逻辑和道德领域，以不同的方法，或者抱着不同的目的，不遗余力地阻挡理性的阳关大道，要重新找到直通真理的路径。我在此假设，这些思想为人了解并体验过。这些先贤时俊，不管他们先前或现在有什么雄心大志，全从这样一个世界出发：这个世界难以描摹，由矛盾、二律背反、惶恐或无能为力统治着。他们的共同点，恰恰是迄今所揭示的这些主题。关于他们，也同样必须说，尤其看重的就是他们从这些发现中所得出的结论。这十分重要，值得单独进行研究。眼下只谈谈他们的发现以及他们最初的体验，只谈谈已证实的他们的不谋而合。如果说想要谈论他们的哲学，有点不自量力的话，那么不管怎样，让人感受一下他们的共同氛围还是可能的，这也就足够了。

---

1 舍斯托夫（1866—1938），俄国哲学家，1920年移居法国。他是德国哲学家胡塞尔的高徒，是德国现象学派最受瞩目的哲学家之一。

2 舍勒（1874—1928），德国社会与伦理哲学家，以研究现象学的方法而知名。

海德格尔冷眼审视人类生活状况，宣称这种生存是一种侮辱。唯一的现实，就是人在各个阶段的“思虑”。对迷失在世界和自身迁徙的人来说，这种思虑是一种转瞬即逝的忧虑。不过，这种忧虑一旦意识到了，就会转化为惶恐，即清醒者永久的氛围，“生存重又陷入其中”。这位哲学教授拿笔的手丝毫也不发抖，用最抽象的语言写道：“人生存的有限性与限定性，比人本身还重要得多。”他对康德感兴趣，只是看出康德的“纯粹理性”的局限性，也是为他的分析做出结论：“世界再也不能向惶恐的人提供什么了。”在他看来，这种思虑事实上大大超越了推理的范畴，因而他一心只想着这种思虑，只谈这种思虑了。他列举了思虑的种种面孔：烦恼的面孔，当凡夫俗子力图将思虑同自身挂钩，并力图使之减缓的时候；恐惧的面孔，当智者贤达直面死亡的时候。意识到死亡，这便是思虑的呼唤，“于是，生存通过意识，也向自己发出呼唤”。死亡的意识正是惶恐的声音，要求生存“主动从毁灭返回芸芸众生”。他也不例外，不能睡大觉，必须日夜警醒，一直守到生命耗尽。他在这荒诞的世界中坚守，又强调荒诞世界的可毁性。他在废墟中寻找自己的路。

雅斯贝尔斯对整个本体论大失所望，因为他断言我们丧失了“天真”。他知道我们必然一无所成，不能让表象的乏味游戏升华。他也知道，精神的归宿就是失败。他久久徘徊在历史提供给我们的精神冒险之路上，无情地揭示了每种体系的缺陷，识破了拯救一切的幻想、毫无掩饰的说教。在这荒废的世界，已然证明了根本不可能认识，虚无仿佛是唯一的现实、无可补救的绝望、唯一的姿态，因此，他试图重新找到阿里阿德涅的小线团[1]，沿导线通往秘密的神界。

舍斯托夫另有建树，通过一部单调得令人叹为观止的著作，反复不断地进取同样的真理，持续不断地指出，最缜密的体系、最广泛的理性主义，最终总要绊倒在人类思想的非理性上。任何讽刺意味明显的道理、任何贬损理性可笑的矛盾，都逃不过他的眼睛。唯一引起他兴趣的事，那就是例外，无论属于心灵史还是属于精神史。通过陀思妥耶夫斯基式的死囚体验，通过尼采式的狂放的精神冒险，通过哈姆雷特式的诅咒，或者易卜生式的苦涩的贵族生活，他不断发现、指明并赞扬人对无可补救的世界的反抗。他拒绝将自己的道理归附理性，而且直到这片没有色彩、一切确定的东西全变为石头的荒漠深处，他才颇为坚定地开始大踏步前进。

在所有这些人当中，最吸引人的也许还是克尔凯郭尔，至少他那人生的一部分是如此，他比发现荒诞更胜一筹，他体验了荒诞。“最可靠的缄默，不是三缄其口，而是开口说话。”写下此话的人，一开始就确信，任何真理都不是绝对的，也

1 阿里阿德涅是古希腊神话中克里特岛国王的女儿，岛上的迷宫中囚禁着一个牛头人身的怪物，雅典人每隔九年要供奉七对童男童女到克里特岛。阿里阿德涅爱上了前来除害的雅典王子忒修斯，并用一个线团引导他走入迷宫杀死怪物，解救出童男童女。——编者注

不可能让本身都不成立的存在令人满意。这个洞达事理的唐璜[1]，不断变换笔名发表文章，频繁地制造矛盾，他写了《布道词》，同时又炮制出《诱惑者的日记》，这样一本犬儒主义唯灵论的教科书。他拒绝安慰、道德，也拒绝一切令人安心的原则。这根刺，他感到扎在心上[2]，但绝不会试图减轻痛苦，他反而唤起痛苦，乐在绝望中，像个钉在十字架上的受难者，有一种求苦受罪的满足感，清醒、拒绝、戏谑，他一点一点塑造一类魔鬼附身者。这张既温和又讪笑的面孔，这种伴随着从灵魂深处发出喊叫的旋转，正是荒诞精神在同超越它的现实进行拼搏。精神的冒险，将克尔凯郭尔引向他那些宝贵的轰动效果，而冒险本身也是在混乱中开始的，进行一场丧失其背景、回归原初缺乏条理的体验。

另外，在方法上，胡塞尔和其他现象学派的哲学家们，同样以夸张的手法，重建了多样性的世界，否定了理性超验的能力。精神世界同他们一起，无法估量地丰富充实起来。玫瑰花瓣、公路的里程碑，或者人手，比起爱、欲望或者万有引力来，都具有同等重要性。思想，不再一统天下了，不再是使表象以大原则的面目变得为人所熟知了。思想，就是重新学会观察世界，学会集中注意力，就是引导自己的意识，就是以普鲁

1　尼采在《黎明》中的一种说法。——原编者注

2　典出《圣经·新约》的《哥林多后书》第十二章：“又恐怕因我所得的启示甚大，就过于自高，所以有一根刺加在我肉体上，就是撒旦的差役，要攻击我，免得我过于自高。”

斯特的方式，将每种意念、每个形象，都转化为一块福地。一切都成为优选了，也实在反常了。能为思想说得通的，就是思想的极端自觉性。胡塞尔虽然显得比克尔凯郭尔，或者比舍斯托夫更为实证，可是当初，他却否定理性的古典方法，打破希望，敞开直觉和心灵的门，迎入庞杂的现象，而那些纷繁的现象则有些非人性的东西。他走过的一条条路，通向一切科学，抑或通不到任何科学。这就是说，方法在他这里，比结果更为重要。仅仅重在"认识事物的一种姿态"，而非寻求安慰。再说一遍，至少当初如此。

这些聪慧的人深层的亲缘关系，怎么能感觉不到呢？他们聚集在优选之地，痛苦丛生而再无希望，怎么能看不出来呢？我要一切都给我解释清楚，否则免开尊口。面对这种心声，理性就无能为力。被这种要求唤醒来的精神，不断探索，也只是发现矛盾和非理性。我不懂的东西，就没有道理。世界充斥着这些非理性的东西。单说这个世界，我不懂得它单一的含义，那它就是个非理性的大千世界。哪管只要能讲上一次"这明明白白"，那么一切就会得救。谁知，这些人却抱着宣布：什么也不明确，一切都混乱不堪，人仅仅保留了自己的明确以及对围墙的真切认识。

所有这些体验不仅协调一致，而且相辅相成。精神探到边缘，就应当做出判断，选择其结论。这便是自杀和答案的所在之地。不过，我要将探索的顺序颠倒一下，从精神探险出发，再回到日常的行为中。前面提到的体验是在荒漠中，还绝不能离开。至少应当了解，体验达到了什么地步。这样努力的结果，人就迎面撞上非理性，内心不由得感到渴望幸福和理性。一边是人的呼唤，另一边是世界毫无理性的沉默，这两者对峙便产生了荒诞。这一点不应当忘记，必须紧紧抓住不放，因为从而就可能产生人生的全部后果。非理性、人的怀旧眷恋以及由这两者冲撞而产生的荒诞，这就是人生悲剧的三个特点，而人生悲剧，势必同一种生存成为可能的全部逻辑一起收场。

哲学式自杀

荒诞感并不因此就是荒诞的概念，荒诞感给这种概念打下基础，仅此而已。荒诞感无非是判断世界的那个瞬间，并没有概括成概念。前面的路还很长。荒诞感是鲜活的，也就是说要么自生自灭，要么风风火火往前闯。我们汇集的这些主题就是如此。再强调一遍，我所感兴趣的，绝不是一些著作或思想，要进行批评就必须换一种形式，换一种场合，而是发现它们结论中的共同点。各种各样的思想，也许从来没有这么大的分歧。然而，他们激情游荡的那些精神景物，我们应该承认是相同的。再如，有多少天差地远的学科，沿各自的路线走到终点，也以同样的方式发出这声呼喊。大家明显感到，正如刚刚回顾的，那些思想处于相同的气候环境。若说那种气候环境害人性命，还真算不上玩弄文字。生活在令人窒息的天空下，就是要求人要么离开，要么留下来。问题是要弄明白，在头一种情况该如何离开，在第二种情况又为什么留下来。我就是这样来确定自杀问题以及对存在主义哲学的结论可能产生的兴趣。

我要事先抢个瞬间偏离正道。迄今为止，我们可能只是从外围来勾勒荒诞。然而，也可以考虑这个概念包含什么清晰的内容，力求通过直接分析，一方面找出这个概念的含义，另一方面也预见它所引起的后果。

假如我指控一个无辜者犯了滔天大罪，假如我硬对一个有品德的人说他贪恋亲妹妹的美色，对方就会回答我实在荒诞。这种愤慨的反应有其滑稽的一面，但是也自有其深刻的道理。这个有品德的人通过这种反驳，指明了我所指控他的行为，同他终生信守的原则之间，存在着不容置疑的二律背反。“实在荒诞”意味“这是不可能的”，而且也意味“这是矛盾的”。假如我看见一个人手持白刃，去攻击一伙架着好多机关枪的人，我就会断定他的行为是荒诞的。断定为荒诞，也仅仅根据他的意图和等待他的现实之间完全失衡，仅仅根据我在他的实力和设定的目标之间所抓住的矛盾。同样，我们认为一种判决是荒诞的，就是同表面上量刑适当的判决做了对比。还有，通过荒诞论证也是一样，用这种推理的后果，比较人要创建的合乎逻辑的现实。所有这些事例，从最简单到最复杂，随着我比较的诸项差距越扩大，荒诞性也就越强烈。有些婚姻是荒诞的，有些挑战、怨恨、沉默、战争，甚至有些和平也是荒诞的。这些当中无论哪一种，荒诞性都产生于比较。因此，我有理由讲，荒诞感并不产生于对一种事实或一种印象的简单考察，而应当是从一种事实状态跟某种现实，一种行为跟超越行为的世界比较中激发出来。荒诞本质上是一种离异，并不存在于比较成分的任何一方，荒诞感产生于双方的对照。

从融合角度来看，我不妨这么说，荒诞既不寓于人（如果这种隐喻能有意义的话），也不寓于世界，而在于两者一起出场。荒诞一时间就成为联结人与世界的唯一纽带。假如我愿意停留在明显的事实上，我当然了解人需求什么，世界能给人什么，现在我可以说，我还了解是什么将两者融合起来。我就不需要再深挖了。对于探索的人，只确定这一点就足够了，问题仅仅在于要从中分析出全部后果来。

直接后果同时也是一种方法准则。离奇的三位一体[1]就这样揭示出来，绝非突然发现的美洲大陆。不过，这种三位一体也有与经验材料相通之处，既无比简单，同时又无比复杂。在这方面，它的头一个特点就是不可分割性。毁掉其中一项，就等于完全毁掉。离开人的思想，荒诞就不复存在了。因此，荒诞也跟万物一样，随着死亡一了百了。当然，离开这个世界，荒诞也同样不复存在。正是根据这个基本标准，我判断荒诞的概念是最重要的，可以位列我的第一真理。上面提及的方法准则，便在这里显现了。假如我判断一件事情是真的，我就

1 三位一体是基督教的一种理念，指圣父、圣子和圣灵合为一体，称为上帝。

应该保存，假如我着手解决一个问题，那么至少我不能以解决为名，偷偷抽掉问题的某一项。对我而言，唯一的已知数是荒诞。问题在于了解如何走出荒诞，能否从这种荒诞中得出自杀的结论。我探索的第一个，其实也是唯一的条件，就是保留这种能压垮我的东西，从而尊重我认为是最主要的东西，即我刚才定义为一种对峙和一种无休止的斗争。

将这种荒诞的逻辑一直推演到终了，我应该承认，这种斗争则意味着完全的无望（与绝望不可同日而语）、不断的拒绝（不可与放弃混为一谈），以及意识到的不满足感（也不可混同于青春的躁动不安）。凡是破除、规避或者贬损这些要求的企图（首先就是赞同消除离异），都要毁掉荒诞，贬低有可能提议的姿态，也只有在不赞同荒诞派的情况下，荒诞才有意义。

存在一种明显的事实，似乎纯属精神层面，就是一个人总是他真理的猎物。人一旦确认了某些真理，就再也摆脱不掉了，总得付出点代价。一个人意识到了荒诞，便成为终生的羁绊。一个人没了希望，并且意识到了无望，就不再属于未来了。这也是正常的。不过，同样正常的是，他力图逃脱他自己创造的一洞天地。一切前提，仅仅在考量这种悖论时才有意义。那些从批评唯理主义出发的人，承认了荒诞的气候环境，现在从这方面研究，看他们推演其后果的方式，可能比什么都更有教益。

然而，我若是坚守存在哲学，就会明白全部存在哲学无一例外，都向我提议逃离。存在哲学的哲学家们，从理性废墟上的荒诞出发，在一个封闭的并限制人的世界里，运用一种奇特的推理，神化了压垮他们的东西，并在剥夺他们生存条件的环境中找到一种希望的理由。这种勉为其难的希望，在所有人那里都有宗教的本质，这是值得驻足的。

我在这里作为例证，只想分析一下舍斯托夫和克尔凯郭尔几个独特的主题。不过，雅斯贝尔斯能提供给我们一个典型事例，将这种论证姿态一直推导到漫画化的程度，余下的就会变得更为清楚。没人在意他无力实现超验性，也无法探测体验的深度，但意识到这个世界被失败搅得天翻地覆。他还要进取吗，或者甚少，从这种失败中得出结论吧？他没有带来任何新意。他在体验中毫无发现，只是承认自己的无可奈何，没有一点机会引出令人满意的原则。然而，他不经证实，就单凭自己来说，一股脑儿肯定了超验性、经验的存在和人生的超人意义，他写道：“失败不是超越了一切解释和一切可能的说明，并非表现虚无，而是超验性的存在吗！”这种存在，从人类信念的一种盲目行为，突然就解释了一切，还下了定义，称为“一般与特殊的难以设想的统一”。就这样，荒诞变成了神（就这个词的广义而言），而理解世界的这种无能为力，也变成了照亮万物的存在。在逻辑上，根本就引不出这种推理，我可以称之为跳跃。而且，反常的是，大家理解雅斯贝尔斯的这种执着、这种无限耐心，务使超验的经验无法实现而后快。因为，这种近似越是难以捕捉，这种定义就越显得徒劳，而这种超验在他看来就越真实了，须知他在肯定这一点时所投入的激情，恰恰同他解释的能力和世界与经验的非理性之间的差距成正比。如此看来，雅斯贝尔斯特别激烈地摧毁理性的偏见，以便更加彻底地解释世界。人类屈辱思想的这位使徒，就是要到极度的屈辱中，找出什么途径，能让人的生存彻彻底底地再生。

我们熟悉神秘思想，自然熟悉这种方法。这类方法同任何思想形态一样，都是正常的现象。不过，在眼下，我论述起来，就仿佛很认真地对待某些问题。我并不预料这种态度有普遍价值，有教育的效能，仅仅想考量它能否应和我提出来的条件，是否同我感兴趣的冲突相匹配。我就此再来谈谈舍斯托夫。一位评论者引述了他一段话，值得注意。舍斯托夫说道："唯一真正的出路，恰恰就在人类判断没有出路的地方。否则的话，我们还需要上帝干什么？大家转向上帝，只为获取不可能得到的东西。至于办得到的事，有人就足够了。"[1]假如存在舍斯托夫哲学的话，那么我可以说，他的哲学就由这段话全部概括了。舍斯托夫满怀激情，分析到最后，却发现了一切

1 出自舍斯托夫的《钥匙的统治》。——原编者注

存在的根本荒诞性，可是他不说“这就是荒诞”，而是说：“这就是上帝，还是信赖他为正理，即使这个上帝丝毫也不符合我们理性的范畴。”为了避免混淆，这位俄罗斯哲学家甚至暗示，这位上帝也许气量极小，面目可憎，既不可思议又矛盾重重，不过，他的相貌再怎么狰狞，他却最能显示出自身的威力。这个上帝的伟大，就在于他不合逻辑。他的证据就是他的非人性。他必须跳跃，通过这样跳空来摆脱理性的幻想。舍斯托夫就是这样，接受荒诞和荒诞本身是同时发生的。确认了荒诞，就是接受了荒诞。舍斯托夫思想的逻辑不遗余力，就是揭示荒诞，以便让荒诞带来的巨大希望同时涌现出来。[1]再说一遍，这种思想形态合情合理。不过，我在本文执意要考量唯一的问题及其全部后果，无意研究一种思想或者一种信仰行为的悲情。这种研究，我还有一生的时间。我知道唯理主义者认为，舍斯托夫的态度实在令人恼火。可是我还感到，舍斯托夫反对唯理主义者也有道理，而我只是想弄清楚，他是否始终遵奉荒诞的戒律。

然而，如果承认荒诞是希望的反面，那么就能看出，对舍斯托夫而言，存在哲学的思想是以荒诞为前提的，但是论证荒诞又只为消除荒诞。这种思想的精妙，恰似杂耍艺人的一种打动人的把戏。可是另一方面，舍斯托夫用他所谓的荒诞，对抗

1　参看舍斯托夫的《钥匙的统治》。——原编者注

流行的道德与理性时，他就称之为真理和救世了。可见从根基上看，在荒诞的这种定义中，确有舍斯托夫带进步的赞同。如果承认这种概念的全部效能，寓于它冲击我们基本希望的方式中，如果我们感到荒诞是为了存在，就要求人绝不能认同，那么我们就看清楚了，荒诞失去了自己的真面目，失去了它那相对的人性，从而进入一种既不可理解又令人满意的永恒之中。荒诞如果存在，那就存在于人的世界中。荒诞的概念从转化为永恒跳板的那一刻起，就不再联结人的清醒认识了。荒诞不再是人确认而又不认同的这种明显事实了。回避了斗争，人融入荒诞，在这种融合中，抹去了自身的根本特征，即对立、撕裂和离异。这一跳空，就是一种逃避。舍斯托夫多么情愿引述哈姆雷特这句话："The time is out of joint."[1]他这样写下来，怀着多么强烈的希望，很可能认为这是特意给予他的。因为，哈姆雷特并不是这样宣讲的，莎士比亚也不是这样写的。非理性的陶醉，加之心醉神迷的使命，便使一种透亮的精神从荒诞中脱颖而出。在舍斯托夫看来，理性毫无意义，但是理性之外还有什么东西。对一种荒诞精神来说，理性毫无意义，理性之外什么也没有。

这一跳空，起码能让我们多少看清一点儿荒诞的本质。我们知道，只有在一种平衡中，荒诞才显示其价值，它首先是

1 英文，意为"时间脱节了"。这句话引自《哈姆雷特》第一幕第五场。

在比较中，而不是在这种比较的诸项里。舍斯托夫则不然，恰恰将荒诞的全部重量压到其中一项上，从而打破了平衡。我们对理解世界的巨大胃口，对绝对事物的眷恋，只有一种解释，恰恰就是我们能够理解并解释许多事物，完全否定理性并无意义。理性自有其程序，相当有效。理性也恰恰是人类体验的程序。正因为如此，我们什么都想弄得一清二楚。如果我们办不到，如果恰逢此时产生了荒诞，那也恰恰是这种有效而又有限的理性，同总是在不断再生的非理性相遇。舍斯托夫特别恼火，反对这类黑格尔式的命题："太阳系的运行遵循一成不变的法则，而这些法则便是太阳系的理性。"[1]他还投入全部激情，拆毁斯宾诺莎的唯理主义，最终恰恰断定了全部理性的虚荣性。再通过自然而不合情理的反证，却得出了非理性的优越性。[2]但是，这个过程并不明显。因而，局限的概念和方面的概念，在此就可以介入了。自然法则在一定限度里可能有效，超过限度就自我否定，催生了荒诞。或者，自然法则在描述方面，也可以自我证明合理，但并不因此表明在解释方面真实可靠。在这里，一切都为非理性让路，明晰的要求也隐退了，荒诞便随着它的比较诸项之一而消失了。反之，荒诞人却没有这样扯平。他还承认斗争，并不完全藐视理性，也接受非理性。他的眼光就这样覆盖了经验的方方面面，不打算了解这一切之

1 参看舍斯托夫《钥匙的统治》。——原编者注

2 主要是指例外的概念，针对亚里士多德。——原编者注

前就跳过去。他仅仅知道在这样关注的意识中，已没有了希望的位置。

莱翁·舍斯托夫著作中鲜明的论断，在克尔凯郭尔的著作中也许更为鲜明。自不待言，很难圈定一位如此逃避明显命题的作者。不过，有些文章尽管表面看来是对立的，可是越过化名、文字游戏和嬉笑，通观他的著作，还是觉察出仿佛出现预感（同时也有恐惧）：一个真理在他最后几部作品中终将闪亮登场。克尔凯郭尔也跳跃了。他童年多么惧怕基督教，最终却又趋向基督教那副最严峻的面孔。同样，在他看来，二律背反和反常现象，变成了信徒的准则。可见，正是让人对人生的意义和深刻性产生绝望的东西，现在将他的真理和敞亮赋予了他。基督教，就是坏榜样，克尔凯郭尔直截了当要求的，正是依纳爵·罗耀拉[1]要求的第三种牺牲，是上帝最乐见的牺牲："智力的牺牲。"[2]跳空的这种效果很怪异，但是不应再让我们惊诧了。荒诞不过是人世经验的一种残渣，他就转变为另一个世界的标准。克尔凯郭尔说道："从他的失败中，信徒发现了他的胜利。"

1 依纳爵·罗耀拉（1491—1556），天主教耶稣会的创始人（1540），制定了三条戒律：穷苦、贞洁和绝对服从。

2 可以想到，我这里忽略了信仰这个根本问题。不过，我并不研究克尔凯郭尔或者舍斯托夫的哲学，也不研究下文提到的胡塞尔的哲学。（应当在另外的场合，以另外的精神形态进行研究，我只是借用他们的一个主题，研究其后果能否契合已经确定的规则，这里仅仅是固执己见。）——原编者注我无须深究这种态度紧密关联着什么振奋人心的预言，只想考虑一下荒诞的景观及其特性，能否为它正名。在这点上，我知道不可能。重新审视荒诞的内容，就能更好理解启迪克尔凯郭尔的方法。在世界的非理性和荒诞反抗的眷恋之间，他没有保持平衡。他没有尊重平衡的关系，正是这种关系，确切地说，产生了荒诞感。逃不脱非理性是确信无疑的，那他至少可以逃离这种绝望的眷恋：在他看来，眷恋下去既无结果，也没有意义。可是，他的判断，如果在这一点上有道理的话，用到否定中就不见得对了。他那声反抗的呼喊，如果用狂热的参与替代的话，那他就受其导向，无视迄今一直照亮他的荒诞，还要神化非理性，此后就是他唯一的确信了。加利亚尼曾对德·埃皮奈夫人[1]说，重要的不是治愈，而是与疾病共存。[2]克尔凯郭尔想要治愈。治好疾病，这是他的狂热意愿，贯穿他的全部日记。他不遗余力，就要逃脱人生状况的二律背反。他这种努力几乎到了气急败坏的程度，只因他在闪电的瞬间瞥见这种努力的虚幻。例如，他谈到自己时，就好像无论畏惧上帝还是虔诚，都不能给他的心灵带来安宁。他就是这样，通过一种扭曲变形的借口，赋予非理性以形象，赋予他的上帝以荒诞的特性：不公正、变化无常和不可理解。在他身上，唯独智力还

---

1 加利亚尼（1728—1787），意大利外交家、经济学家和作家。他与法国文化贵妇德·埃皮奈夫人（1726—1783）互通大量信件。

2 这句话援引自加利亚尼于1777年2月8日写给德·埃皮奈夫人的一封信。原话为："必须与疾病共存。问题是活着，而不是治愈。"——原编者注

试图扼制人心深切的要求。既然什么都没有证实，那么一切皆有可能。

正是克尔凯郭尔本人向我们透露了所经之路。我这里丝毫不想暗示什么，可是，在他的作品中，怎么就读不出面对荒诞接受的肢解，心灵几乎情愿受肢解的征象呢？这是《日记》中反复出现的主题：“我所欠缺的，正是兽性，其实兽性也是人类命定的一部分……不过，总得给我一个躯体吧。”再看下文：“噢！尤其我在少年时期，多么想成为男子汉，无论付出多大代价，哪怕只做六个月……说到底，我所欠缺的，就是一个躯体，以及生存的肉体条件。”[1]然而，在别的著作中，这个人将希望的呐喊当成自己的呼声：呐喊之声穿越多少世纪，激发多少人心，唯独荒诞人无动于衷。“其实，对基督徒来说，死亡绝不是一切的完结，死亡蕴含无穷无尽的希望，对我们来说，这是生命，即使洋溢着健康与活力的生命也难包藏的。”[2]学习坏榜样进行和解，总归还是和解。看得出来，这种和解也许能让人从希望的反面，即死亡中引出希望。不过，即使同情心令人倾向这种态度，那也得指出，突破限度证明不了什么。据说，这超过人的限度，因此就是超人的。按说，这“因此”一词就多余了。这里根本谈不上逻辑肯定，也绝谈不上经验的概率。我所能说的，无非是这确实超出我的尺度，即

1 引自克尔凯郭尔《论绝望》。——原编者注

2 参看《论绝望》的导论。——原编者注

或从中引不出一种否定，至少我绝不愿以不可理解的见解为基础立论。我就是想了解，我有已知的条件，仅仅有这些条件能否活下去。还有人对我说，在这个问题上，智力应当舍弃自傲，理性也应当低首下心。然而，我即使承认理性的局限，也不会因此就否定理性，总得承认它那些相对的效能。我只想坚持走这中间道路，而在这条路上，智力一直能明了透亮。如果说这就是它的自傲，那么我看不出有什么充分的理由放弃。克尔凯郭尔的见解无比深刻，例如，他认为绝望不是一种事实，而是一种状态：罪孽的原本状态。因为，罪孽就是背离上帝。荒诞，则是觉悟人的原本状态，并不通向上帝。[1]也许这种概念会更为明朗，假如我贸然用极荒唐的说法：荒诞，就是没有上帝的罪孽。

这种荒诞状态，问题在于生活其中。我知道荒诞建在什么基础之上：这种精神和这个世界彼此支撑，却又不能拥抱在一起。我探问这种状态的生活准则，得到的指点不但忽略这种基础，否认痛苦对立诸项中的一项，还忠告我务必放弃。我探问我自己的生活状况会带来什么后果，心里清楚这种状况意味着昏暗朦胧和蒙昧无知，而有人却明确告诉我，这种无知能解释一切，这种黑夜就是我的光明。然则，他们所答非我所问，这种激动人心的抒情难以向我掩饰反常的现象。因此，必须掉

1 我没有说“排除上帝”，这仍可以理解为肯定。——作者原注

转方向。克尔凯郭尔可以大喊大叫，发出警告："如果人没有永恒的意识，如果万物的底蕴，只是一种沸腾的野蛮强力，在懵懂的狂热旋风中，制造着伟大和渺小混杂的万物；如果什么也填不满的无底虚无，就隐藏在事物的下面，那么人生除了绝望，又能怎么样呢？"这声呼喊不足以叫住荒诞人。探求真实的东西，并不是寻求渴望的东西。"人生又能怎么样呢？"如果为了摆脱这个惶恐的问题，就得像驴子那样用幻想的玫瑰花填饱肚子的话，那么荒诞精神则不然，它不肯满足于虚幻，毫不颤抖地宁愿接受克尔凯郭尔的回答："绝望。"经过全面考虑，一个坚定不移的灵魂，总能够闯出一条路来。

我在本文冒昧地把"哲学式自杀"称为存在的态度。不过，这并不表明是一种判断，只是便宜行事，指认一种思想的运行：这种思想通过如此运行来自我否定，并在否定它的论断中再自我超越。对存在哲学家们来说，否定，就是他们的上帝。而这个上帝，恰恰通过否定人的理性才得以确立。[1]然而，诸神也同自杀一样，要随着人而变化。有好多种方式跳空，关键就在于那么一跳。这些否定救世的思想，这些还未跳过就否认障碍的终极矛盾，既可以产生于（这是这种推理所针对的悖论）某种宗教的启示，也可以产生于理性的范畴，而且

1 再次说明：这是逻辑推理，而非质疑肯定上帝的观点。——作者原注

始终不渝地追求永恒，仅仅凭借这一点才实现跳跃。

还必须指出，本论著进行的论证，全然不顾我们明智时代流行最广的精神形态；这种精神形态所依据的原则，就是一切都讲理性，都旨在解释世界。既然大家都认为，世界就应该明明白白，那么自然而然要给一个明白的说法。这甚至是合情合理的，但是本文进行的论证对此并无兴趣。我们论证的目的，其实就是要阐明精神的行程，如何从世界无意义的一种哲学出发，最终为世界找到一种意义和一种深度。这些步骤最牵动人心的一步，则具有宗教的本质，是在非理性主题中得以彰显出来的。不过，最反常的、最引人深思的一步，正是当初想象一个毫无主导原则的世界，现在却赋予它响当当的理由。不管怎样，这次新获得的恋世思想，如果不给它一个概念的话，那就很难论述我们感兴趣的后果了。

以下我只考量“意向”，这个主题是借胡塞尔和现象学家们之力时髦起来的。此前已见端倪。首先，胡塞尔的方法否定理性的传统论证。我们重复一遍，思想，不是一统天下，不是让表象以大原则的面目变得家喻户晓。思想，就是重新学会观察，就是引导自己的意识，将每个形象都变成一块福地。换言之，现象学不肯解释世界，只想成为过来人的一种描述。现象学最初断言根本没有真理，只有一些真相。从晚风一直到放在我肩上的这只手。每个事物各有其道理。正是意识关注事物，才阐明其道理。意识不去构成认识的对象，只是凝神专注，是一种注意观察的行为，借用柏格森[1]的一个形象来说，就像一架投影机，突然打出一束光，投在一个形象上。差别就在于没有电影脚本，只是连续而不连贯的画面。在这盏神灯的光照中，所有形象都是优选的。意识在体验中，让它注意的对象处于悬浮状态，并且通过神奇效果，将其孤立起来。从这一刻起，这些物体就脱离所有判断了。正是这种“意向”标示意识的特征。但是，这个词丝毫也不包含终极的概念，这里只取“方向”的含义，仅仅具有地形学上的价值。

乍一看，这其中似乎没有任何东西在反驳荒诞精神。思想仅限于描述而不解释世界的这种表面的谦虚、经验的极大丰富和世界在烦琐中再生，所反常而自愿遵循的这种戒律，这些全是荒诞的步骤。至少粗略看来是如此。因为，无论在这种情况还是在别种情况下，思想方法总呈现两副面孔：一副心理面孔，另一副形而上面孔[2]，从而揭示两种真理。意向性的主题，如果只想阐明一种心理状态，并且通过心理状态耗尽而不是解释现实的话，那么的确，就没有什么将现实和荒诞精神分开了。这个主题旨在计数它不能超验的事物，只想申明在根本没有统一的原则情况下，思想还是能够自得其乐，描述并理解经验的每一副面孔。因此，这里涉及的每张面孔的真理，就

1 参看柏格森（法国哲学家，1859—1941）《物质与记忆》第一章。——原编者注

2 甚至最严格的认识论，也都以形而上为前提，这种情况到了无以复加的程度，当代大部分思想家的形而上学，就只有一种认识论了。——作者原注

属于心理范畴了。这种真理仅仅证明现实显示出的“意义”。这是一种方法，用以唤醒一个麻木的世界，并使之精神振奋起来。不过，这种真理的概念，如果有人想引申，并且合理地创立起来，如果有人以此断言，发现了每种认识对象的“本质”，那就是将深刻性归还给了经验。在一个具有荒诞精神的人看来，这是不可思议的。然而，正是从谦虚向自信的这种摆移，在意向形态中十分明显，而现象学思想的迷幻闪光，比任何别的东西都能更好地表明荒诞论证。

因为，胡塞尔也谈论意向所揭示的“超时间本质”，让人以为听到了柏拉图的声音。不是用一种事物解释所有事物，而是用所有事物解释所有事物，我看不出这有什么差异。这些理念或者这些本质，固然是意识每次描述之后“推出来”的，作者还不想使之成为完美的模式，但是肯定它们直接出现在认知的各种材料中，再也没有唯一能解释一切的理念了，只有赋予无限对象以一种意义的无限本质。世界静止不动了，可是也明晰了。柏拉图的现实主义变为直观直觉了，但总归还是现实主义。克尔凯郭尔陷入了他那上帝的深渊，巴门尼德则将思想推入单一中。而在这里，思想又投入一种抽象的多神论里。更有甚者，幻觉和虚构也成为“超时间本质”的一部分。在理念的新世界里，希腊神话中的怪物半人半马族群，可以同更为平凡的大主教族群合作共事了。

荒诞人则认为，在这种世界所有面孔都是优选的纯心理见解中，同时有一种真理和一种酸楚。一切都是优选，就等于说一切都半斤八两。这种真理的形而上表象把荒诞人引得太远，他出于起码的反应，就感到也许更靠近柏拉图了。不错，就是有人教导他说，任何形象都意味着同样优选的本质。在这不分等级的理想世界中，形式上的军队只由将军组成。毫无疑问，超验性早已被取消了。然而，思想的一个急转弯，又将一种残缺的内在性引进这个世界，而这种内在性便恢复了宇宙的深度。

这一主题，创造者们处理得更为谨慎，而我在论述中，该不该担心走得太远呢？我只需读读胡塞尔的这些论断，表面看来是悖论，但是感觉得出逻辑严谨，如果接受前面论述的话："是真实的，本身就绝对真实：真理是单一的，与其本身相吻合，不管感知者是什么生灵，无论人、怪物、天使还是神仙。[1]"至尊的理性大获全胜，通过这种声音四处传扬，这一点我不否认。可是，他这种断言，在荒诞世界中究竟意味着什么呢？一位天使或一尊神的感知，对我并没有意义。神的理性核准我的理性，在这么精确的场所，我永远也理解不了。我看出，这又是一次跳空，虽然是在抽象中进行的，但是对我来说，这跳空仍然意味着忘掉我恰恰不愿忘掉的方面。胡塞尔在下文又高调写道："受地心引力的所有物体即使全部消失，引

1 语出胡塞尔《逻辑研究》第一卷。——原编者注

力的法则也并不会因此而遭损，只是闲置起来，不可能应用了。”我知道了，我面对的乃是一种慰藉的形而上学。我若是想发现思想离开明显事实的拐弯处，只需重读胡塞尔论述精神时所进行的这种平行论证：“精神程序的确切法则，如果我们能清晰地观照的话，就同样能显示其永恒不变性，一如理论自然科学的基本法则。可见，即使毫无精神程序，这些法则也照样有效。”即使精神不存在了，精神法则还会存留！于是我恍然大悟，胡塞尔要将一种心理真实，生硬地变成一条理性准则：他否认人类理性的容纳能力之后，却这样腾挪一跳，便进入至尊的永恒理性。

这样一来，胡塞尔的“具体宇宙”的主题，就不足以让我惊诧了。对我而言并非所有本质都是形式的，但有些是物质的，前者是逻辑的对象，后者是科学的对象，这样讲仅仅是个定义的问题。有人明确对我说，抽象仅仅指明一个具体宇宙本身并不稳定的一部分，可是，已经显露的摆移倒能让我澄清这些含混的术语。因为，这可以表明我注意的具体对象，这天空、映在这件大衣襟上的水影，只为自身保留了现实的魅力，由我的兴趣从世界中分离出来。这我并不否认。可是，这也同样表明，这件大衣本身自成宇宙，有其充分而特殊的本质，还是属于形式世界。于是我明白了，它们仅仅调换了程序的先后。这个世界在上天再也没有映像了，但是形式的天空却跻身大地万象中了。对我来说，这丝毫没有改变什么。我在这里找到的，绝非那种对具体的喜好、人生状况的意义，而是一种智力主义，相当有恃无恐，要将它自身的具体普遍化。

这种表面的反常现象，大可不必诧为奇事，无非是通过屈辱的理性和张扬的理性相反两条路，将思想引向自我否定。从胡塞尔的抽象上帝，到克尔凯郭尔的闪亮上帝，距离并没有那么大。理性和非理性殊途同归，达到同样的说教。这表明什么路，其实并不重要，有一往无前的意志，便什么都能达到。抽象哲学家和宗教哲学家，出发时都同样慌不择路，在同样的惶恐状态中相互支持，但是，关键还在于如何解释。在这里，怀恋比科学力量强大。意味深长的是，当代思想最相信一种主张世界无意义的哲学，同时又在这种哲学的结论中最受折磨。当代思想不断地摇来摆去，一边是现实的极端理性化，势欲将现实拆分成理性型范，另一边则是现实的极端非理性化，势欲将现实神化。不过，这种分离只是表面现象。问题在于相互和解，双方都好办，一个跳跃就行了。一直有个错误的认识，以为理性的概念是单向的。其实，理性的概念不管多么雄心勃勃，不可一世，在灵活机动方面，也并不亚于别的概念。理性有一副十足的人面，可也善于转向神明。普罗提诺[1]率先将理性同永恒的氛围协调一致，从那以后，理性就学会了摆脱它最

1　普罗提诺（约205—270），生于埃及，亚历山大学派哲学家，他的新柏拉图主义哲学对教父哲学影响很大。

珍视的原则——矛盾，以便采纳最奇特的原则，即十分神奇的参与原则。[1]理性成为思想的工具，而非思想本身了。一个人的思想，首先就是恋世。

理性安抚了普罗提诺式的忧郁，也同样给予现代焦虑以手段，在永恒的熟悉的背景环境中平静下来。荒诞精神运气就差些了。对荒诞精神而言，世界既不那么合理，也不那么非理性。世界是不可理喻的，也只能这么说。到了胡塞尔那里，终于打破了界限。反之，荒诞则确定其界限，只因理性无力平息它的焦虑。另外，克尔凯郭尔断定，只用一种界限就足以否定理性。但是，荒诞走不了那么远。克尔凯郭尔认为，这种界限仅仅针对理性膨胀的野心。非理性主题，正如存在哲学家们所设立的那样，就是陷入混乱的理性，自我解脱而又自我否定的理性。荒诞，则是清醒的理性，确认了自己的局限。

荒诞人在这条艰难的路上走到尽头，认出了自己真正的道理。比较他深度的要求和别人向他建议的情况，他蓦然感到自己该转身了。在胡塞尔的宇宙中，世界清晰起来，人耿耿于怀的对熟知事物的眷恋，也就变得无用了。克尔凯郭尔在论末世的作品中，如果想得到满意的结果，他就不得不放弃这种明晰的渴求。罪孽主要不在乎认知（照这么说，人人都是无辜

1　A. 当时，理性要么权变适应，要么死去。理性适应了。有了普罗提诺，理性就从逻辑变为美学，比喻取代了三段论。B. 况且，这不是普罗提诺对现象学的唯一贡献。这种形态，已经完全包含在这位亚历山大学派哲学家十分珍视的观念中了，因而这不仅是一种世人的观念，也是一种苏格拉底的观念了。——作者原注

的），而在于求知。这恰恰是荒诞人感到既能转为自己有罪，又能化作自己无辜的唯一罪孽。有人向他建议这样一种结局：过去所有矛盾都不过是论战游戏罢了。然而，荒诞人当初遭遇种种矛盾，并不是这种感觉。必须保存矛盾根本没有得以圆满解决的真相，荒诞人不要听说教。

我的论证受明显事实的启发，就要忠实于明显的事实。这种明显的事实，就是荒诞。就是渴望的精神和令人失望的世界之间的分离，就是我对一致性的怀恋，就是这个四分五裂的宇宙，就是把这一切连接起来的矛盾。克尔凯郭尔取消了我这种怀恋，而胡塞尔重又收拾起这个破碎的宇宙。但这并不是我所期待的。问题在于同这种撕裂一起生活和思考，在于弄清楚应当接受还是拒绝。问题不可能是要掩饰明显的事实，要否定荒诞方程式中的一项，从而就取消荒诞。必须弄明白人能否活在荒诞中，逻辑是否要求人因荒诞而死。我感兴趣的不是哲学式自杀，而是真正的自杀。我只想清理自杀的情感因素，了解自杀的逻辑及其诚实性。对荒诞精神来说，采取任何别种态度都意味着回避，意味着精神面对自己揭示的情景退却了。胡塞尔谈到要顺从摆脱积习的渴望，摆脱“在已经熟知的、方便的条件下生活与思考的旧习”，但是在他的作品中，最终一跳就为我们恢复了永恒和安逸。这一跳，并不像克尔凯郭尔所希望的那样，会有极大的危险。正相反，危险却在纵身之前的那个微妙瞬间。在那目眩的山脊上力求站稳[1]，这便是诚实性，其余的全是托词。我也同样知晓，无能为力所引起的和谐，从来没有像在克尔凯郭尔作品中那样动人。不过，在与历史无关的景物中，如果也有无能为力的位置的话，那么现在知道论证要求很严，在这样一种论证中，无能为力就难以找到自己的位置了。

1 参看胡塞尔《笛卡尔式的沉思》引言部分。——原编者注

荒诞的自由

现在，主要几点已定。我掌握的一些明显事实不能放手。我所知道的，确定无疑的，我不能否认的，我也不能丢弃，这就是主要的。我赖以不确定的怀恋为生的那部分自我，我可以完全否定，只保留这种对统一性的渴求、这种解决问题的欲望、这种对明晰和逻辑缜密的苛求。在这个包围我、撞击并裹挟我的世界里，我可以摈斥一切，但是除开这种混沌、这种机缘凑巧、这种产生了混乱的神的等次，我不知道这个世界是否有一种超越它的意义，但是知道我不了解，目前我也不可能了解这种意义。在我的生活状况之外的意义，对我又有什么意义呢？只有通过人的话语，我才能够理解。我触摸到的，对我产生反抗力的，这些我都能理解。而这两种确定无疑的状况：我对绝对和统一性的渴求，以及这个世界在一项理性的、合理的原则上不可复归性，我也知道我无法调和这两者。如果不说谎，如果不塞进来我没有的、在我有限的生存条件中毫无意义的希望，我还能找出别的什么真理呢?

假如我是林木中的一棵树、动物中的一只猫，那种生活也许有某种意义，抑或说，根本就不存在这个问题，因为我属于这个世界。也许我就是这个世界，现在却对立起来，我要表现自己的全部意识，表现对熟识事物的全部要求。不管多么可笑，也正是这种理由将我置于世间万物的对立面。我不能将这种理由一笔勾销。我认为是真实的东西，就必须牢牢把握住。在我看来特别明显的事物，即使与我相左，我也应该支持。这种冲突的根底，世界和我的思想之间的这种断裂的根底，如果不是我有所反应的意识，那又该是什么呢?如果说我想把持住，那也得依赖一种始终持续的、不断更新的、一直紧绷的意识。这就是当下我必须牢牢记住的。荒诞，这时候既十分明显，又特别难以降伏，它又回到一个人的生活中，重又找到自己的家园。还是这时候，精神可以离开人清醒努力之路，而这种干旱的不毛之路，现在通往了日常生活，又重游无名氏的世界。然而，人也回到这个世界，从此却随身携带着反抗之心和洞察之力了。人曾经沦陷，不再抱有希望了。这座现实的地狱，终于成为人的王国。所有问题，重又锋芒毕露。抽象的明显事实，面对形式和色彩的抒情退却了。精神的冲突，都具象表现出来，重又在人心找到既可悲又堂皇的庇护所。什么冲突都没有解决，可是又全部改观了。人要死去吗，要纵身一跳逃脱吗，要按照自身的尺度再造一座思想和形式的房子吗？还是正相反，把赌注下到荒诞上，进行一场揪心的豪赌呢？在这方面，我们要最后努力一下，得出我们的全部后果。躯体、温情、创造、行动、人的高尚情怀，在这无厘头的世界中，又将各就各位了。人在这世上，又终将尝到荒诞的美酒和冷漠的面包：人正是以此滋养自身的伟大。

我们还应强调方法：贵在坚持。荒诞人走到途中的某个阶段，就要受到诱惑。历史即使没有神灵，也不乏宗教和先知。有人要荒诞人纵身一跳，荒诞人所能回答的，无非是他不大理解，事情并不一目了然，而他恰恰只想做他完全理解的事。别人却明白地告诉他，这样高傲是罪过，可是他不懂这种罪过的概念；还告诉他地狱也许就在尽头，可是他没有丰富的想象力，描绘不出这种怪异的前途是什么景象；还告诉他要丧失永生，可是他觉得永生毫无意义。有人想让他承认他有罪，他却感到自己是清白的。老实说，他只有这种感觉：他的清白是无法弥补的。正因为清白，他才敢作敢为。因此，他对自身的要求，就是只同他了解的事物一起生活，处理好存在的事物，绝不让不确定的东西掺和进来。别人回答他说，什么也不能确定。可是，至少这一点是确定的。那他就同这种确定打交道：他要弄清楚，能否义无反顾地生活。

现在，我可以谈谈自杀的概念了。有人已经感觉到可能给它什么答案。在这一点上，问题颠倒了。谈自杀之前，先得了解，人生是否有意义，是否值得一过。在这里似乎正相反：人生正因为没有意义，就更值得一过。人生经历一种体验，遭遇一种命运，就是完全接受。然而，知道这命运是荒诞的，人就不会去经历了，除非自己千方百计，要把意识认清的这种荒诞保持在面前。否定荒诞赖以生存的对立项中的一项，就是逃避荒诞。取缔有意识的反抗，也就是回避问题。持续革命的主题，就这样转移到个人体验中了。生存，就是让荒诞随之生存。让荒诞生存，首先就是正视荒诞。同欧律狄刻[1]相反，荒诞只有当人背离它时才会死去。因此，唯一前后一致的哲学立场之一，就是反抗。反抗，就是人同自己的茫然、不解永恒的对抗。反抗的要求，是一种不可能达到的透明。反抗，即时时刻刻都质疑世界。危险向人提供抓住反抗的不可替代的时机，同样，形而上的反抗也把意识贯穿于经验的始终。反抗，就是人时时刻刻面对自身。反抗不是憧憬，反抗不抱希望。这种反抗，仅仅是确认一种不可抗拒的命运，但是缺少本应伴随这种确认的听天由命。

也正是在这里，能看到荒诞的经验远离自杀到何等程度，可能有人以为，自杀紧随着反抗，其实不然。因为，自杀并不表明反抗的逻辑结局。自杀因意味着首肯，恰恰同反抗背道而

1 希腊神话传说：色雷斯的诗人和歌手俄耳甫斯去阴间，寻找死去的妻子欧律狄刻，用琴声打动了冥后珀耳塞福涅。冥后答应放欧律狄刻回人间，但是有个条件：途中不准回头看他妻子。俄耳甫斯快走到地面时，想看看妻子是否跟在身后，结果欧律狄刻又消失了。本文荒诞与欧律狄刻相反，正视才存在。

驰。自杀，同跳跃一样，接受了自己的局限性。真是尽善尽美，人又回归其本质的历史。人看清了未来，可怕的唯一未来，并且直奔而去。自杀以其方式解决了荒诞，将荒诞拖进同样的死亡。然而我知道，荒诞虽然保持状态，却不可能得到解决。荒诞在同时意识到并拒绝死亡的情况下，就逃脱了自杀。荒诞在死囚最后思想的极端，正是那根鞋带，他就站在令人眩晕的沉沦的边缘，却不顾一切，只瞧见几米远的那根鞋带。自杀者的反面，恰恰是那个死刑犯。

这种反抗将自身的价值给予人生。反抗贯穿人生的始末，恢复了生存的伟大。在一个视野开阔的人看来，智力同超越它的现实搏斗的情景，比什么景象都更为壮观。[1]人类自豪的景观，是无与伦比的，任何贬损都奈何不得。精神给自己规定的这种戒律、经过千锤百炼的这种意志、这种直面相对，总有某种强大而奇异的东西。非人性造就人的伟大，削减这种现实，就使人自身贫乏。于是我明白了，那些学说向我解释一切的同时，为什么又让我衰弱了。那些学说从我身上卸下生活的重负，而这本应由我一力承担。在这转折点上，我不能设想一种形而上的怀疑论，会与一种弃世的道德结为同盟。

意识和反抗，这类拒绝与弃世背道而驰。人心中一切难

1　参看塞内加《论天命》（又译《论神意》）第二章第七节。塞内加（约前14—65），古罗马哲学家、悲剧作家、政治家，公元1世纪罗马学术界的领袖人物。公元50年任罗马执政官，组成权力集团，还担任皇储尼禄的教师。余年著述颇丰，传世的有《安慰》《论智者不惑》《论宽恕》《论道德》等。

以克制的、激情澎湃的力量，无不激励意识和反抗同他的生活较劲。死也不会和解，也绝不会甘愿自杀，自杀就是一种无知。荒诞人只能穷尽一切，并且耗尽自己。荒诞就是他的极度紧张，一种独自努力而不断保持的紧张状态，因为他知道，在这种日复一日的意识和反抗中，他证明着他的唯一真理，即挑战。这就是头一个后果。

如果我坚持这种深思熟虑的立场，由一种显见的概念引出所有后果（仅仅是后果），那么我又面临第二个反常现象。我若是固守这种方法，那就跟形而上的自由问题沾不上边了。我没有兴趣了解人是否自由，只能体验本身的自由，据此也就得不出一般概念，只有几点明确的想法。“自在自由”的问题并无意义，因为它以完全不同的方式与上帝的问题相连接，要了解人是否自由，就势必了解人是否有个主人。这个问题的特殊荒诞性是概念本身造成的：概念使自由的问题成为可能的同时，又抽掉了自由的全部意义。须知面对上帝邪恶的问题远胜过自由的问题。大家知道这种抉择：要么我们不是自由的，从而万能的上帝就为邪恶负责；要么我们是自由的，并负有责任，从而上帝就不是万能的了。历来各个学派的精妙论著，对这种悖论的不容置辩性，既没有增添，也没有缩减一丝一毫。

正因为如此，我不能激扬或者简单下定义，在概念中扭转，而一种概念从超出我个人的经验那一刻起，就逃脱我的掌

握，也丧失其意义了。我不能理解一个高级的生灵给予我的自由会是什么东西，我已经丧失了等级观念。我所能有的自由，只好设想囚徒，或者国家中的现代个人。我唯一熟识的自由，就是思想和行为的自由。如果说荒诞完全打消了我获取永恒自由的可能性，它反而还给我，并激发我的行动自由。剥夺了希望和未来，倒意味着增加了人的不受约束性。

平常的人碰到荒诞之前，生活还有些目的，思虑未来，总想证实什么（至于什么人或什么事，倒也无所谓）。他在估量自己的时机，指望以后如何如何，指望退休生活或子女工作，他还相信自己的生活能有起色。他的所作所为，还真像个自由人，即使所有事实都争相驳斥这种自由。碰到荒诞之后，什么都动摇了。“我在”的这种想法、我这种仿佛什么都有意义的做法（即使有机会我就讲什么都没意义），除了一种可能死亡的荒诞性，这一切就轰然倒塌了。考虑来日，确定个目标，有所偏好，这一切表明还相信有自由，即使有时候着实感觉不到。在这种时候，我就完全知道，唯独能创立真理的那种“存在”的自由，那种超人的自由，根本不存在。死亡赫然在目，宛若唯一的现实。人一死，什么都完结了。我同样没有永生的自由，而是奴隶，尤其是不肯求助于藐视的态度，无望永恒革命的奴隶。而谁能不革命，不持藐视的态度，始终当奴隶呢？没有永恒做保障，能存在什么充分意义的自由呢？

不过，与此同时，荒诞人也明白，迄今为止，他一直与自由的公设连在一起，而这公设却是建立在他赖以生存的幻想之上。从某种意义上看，这成为他的羁绊。在他想象出一种生活目的的情况下，他还是投合了一种能达到目标的要求，因而变成他那自由的奴隶。这样，我别无他法，就只能准备成为家长（或者工程师，或者民众的领导者，或者邮电局的临时雇员）。我以为自己能选择成为什么样子，而不是另一种样子。不错，我是下意识这样认为的。但是与此同时，我却坚持这种公设，认同我周围的人相信的事，认同我的人文环境的偏见。（其他人那么确信是自由的，而那种开朗情绪又那么具有感染力！）对任何道德的或社会的偏见，不管能保持多远的距离，总要受到一部分影响，甚至还得调整自己的生活，去适应其中优质的成见（成见亦有好坏之分）。荒诞人就这样明白了，他并不是真的自由了。明确说来，我抱有希望，关注我特有的一种真相，关注生存和创作的方式，总之，我安排自己的生活，从而证明我能接受生活有意义，在这种情况下，我却自设藩篱，限制了自己的生活。我的所作所为，无异于许许多多精神上和心灵上的公务员：他们只能引起我的厌恶，而现在的我也看清楚了，他们没干别的什么，只是把人的自由当一回事。

荒诞是在这一点上启迪了我：人没有未来。从今往后，这就是我的深度自由的缘由。我这里要做两种对比，首先是神秘主义者，他们发现一种可以拿来为己所用的自由，自由地沉溺于他们的神祇，自由地遵奉神的戒律，他们也就秘密地获得了自由。他们是在自发同意的奴隶状态中获取一种深度的独立。然而，这种自由意味着什么呢？尤其可以这么说，他们面对自身，“感到”自己自由了，但又不那么自由，特别不像获得解放那样。同样，荒诞人完全转向死亡（这里取极明显的荒诞性之意），便感到如释重负，只余凝结在他身上的这种热切的关注，可以无所顾忌了，他体味到一种超越通行规则的自由。从这里可以看出，存在哲学的立题，保存了全部主题的价值。回归意识，逃脱日常的沉睡，这具体表明了荒诞的自由最初的活动。不过，受到诟病的是存在哲学的说教，以及伴随说教的这种精神跳跃，其实就是逃脱意识。同样的方式（这是我的第二种比较），古代奴隶不属于自己，但是他们体验到这种自由，即毫无责任感。[1]死亡也一样，那双手握有生杀大权，既可将人置于死地，又可使人解脱。

深深坠入这种无底的确信中，自己的生活从此相当陌生了，没有情人那种近视目光，不再用心扩展生活，走完人生旅程，这其中就有一种解放的原则。如同任何行动的自由，这种新的独立性也终结了，开不出永恒的支票，但是替代了“自由”的幻想，而这些幻想随着死亡也一起止步。一天凌晨，死囚面对打开的重重牢门，他的神圣的不可约束性，除了生命的纯粹火焰，一切都置之度外的这种难以置信的超脱以及死亡

1 这里指的是一种事实比较，而非赞赏屈辱。荒诞之人乃是迁就生活之人的反面。——作者原注

和荒诞，我们感觉得出来，在这里正是唯一合乎情理的自由原则：人心能体会和经历的自由，这是第二种后果。荒诞人从中隐约看见一个火热而冰冷、透明而有限的一洞天地，里面一切都已定型，再也没有什么可为了，而过了这洞天地，就是天塌地陷和虚无了。到这时候，荒诞人就可以决定接受在这洞天地里生存，从中汲取自己的力量，汲取不抱希望的态度以及没有慰藉的生活执着的见证。

在这样的天地里生活，又意味着什么呢？目前也无非是对未来的冷漠以及耗尽现有的一切的那股激情。相信生活有意义，总表明一种价值差异、一种选择、我们的各种偏好。相信荒诞，根据我们的定义，则是相反的教导。而且这值得一谈。

了解人能否义无反顾地生活，我只对这一点感兴趣，丝毫也不想离开这个话题。规定给我的生活的这副面孔，我适应得了吗？这样，面对这种特殊的思虑，相信荒诞，又等于用经验的数量取代经验的质量。假如我确信这种生活只有荒诞这一张面孔，假如我体会出生活的平衡，完全取决于我有意识的反抗与生活挣扎的晦暗这种永恒的对应，假如我承认我的自由，只是与其有限的命运相关联时才有意义，那么我就应该说，重要的不是生活质量最高，而是生活多多益善。我无须探求这样是庸俗还是令人作呕，是漂亮还是令人遗憾。在这里，价值判断彻底排除了，只以事实来判断了。我只需从我亲眼所见得出结论，绝不盲目提出任何假设的东西。假使这样的生活不够诚实，那么真正的诚实又会要求我不必诚实。

生活多多益善，从广义上讲，这条生活准则毫无意义，必须解释清楚。首先，对数量的概念，似乎挖掘得还不够。只因数量的概念能体现人类经验的一大部分。一个人的道德、他的价值等次，只有统观他积累的经验的数量和种类才有意义。然而，现代生活条件将同样数量的经验，也就是同样深刻的经验，强加给了绝大部分人。自不待言，还必须考量个人自发的投入，即他身上特定的成分。不过，对此我不能判断，再说一遍，我在本文的规则，就是查清直接的明显事实。我这才看出，一种共同道德的特点，主要不是寓于激励道德的那些原则的理想重要性中，而是寓于可以归类的一种经验的标准里。说得牵强一点儿，古希腊人自有他们娱乐的道德，正如我们实行八小时工作制的道德。不过，已经有许多人，包括境况最悲惨的人，让我们预感到一种漫长的经验，就能改变这份价值表。他们让我们联想到，日常生活就像个冒险家，仅仅靠经验的数量就能打破所有纪录（我特意采用这个体育术语），从而赢得自家的道德。[1]我们还是抛开浪漫主义的论述，只求证这种态度，对一个决意打赌，严格遵守他认可的规则的人来说，究竟

1 数量有时产生质量。如果我相信科学理论的最新成果，任何物质都是由一些能量中心构成的。能量中心数量多寡，也就形成或多或少的物质的特殊性。十亿离子同一个离子的差异，不仅是在数量上，而且在质量上。在人类经验中很容易找到类似情况。——作者原注

能意味着什么。

打破所有纪录，这首先而且仅仅表明，尽可能地直面世界。不闹矛盾，不搞文字游戏，这怎么能办得到呢？因为，荒诞一方面强调，所有经验都是无所谓的，另一方面又敦促人经验越多越善。既然如此，又怎么能不像上述大多数人那样，选择这种人文尽可能给我们带来的生活方式，从而引进本打算摈弃的一种价值等次呢？

然而，最终还是荒诞及其矛盾的生活能给我们教益。因为，谬误在于认为经验的数量取决于我们的生活环境，其实仅仅取决于我们本身。这里不妨简而言之。有两个人，寿命相同，世界也总是提供等量的经验。这要看我们意识如何了。感受自己的生活、自己的反抗、自己的自由，而且多多益善，这就是生活，最大限度的生活。在清醒主宰的地方，价值等次就失去效用了。再简单一些，说到唯一的障碍，唯一“错过赌赢的机会”，就是由早夭构成的。我们在这里提出的天地，只因与死亡这个恒定的例外相对立，才得以生存。因此，任何深度、任何感动、任何激情、任何牺牲，在荒诞人看来（即使他期望也不成），也不可能使四十年有意识的生活，等同于持续六十年的清醒。[1]疯狂和死亡，这是荒诞人无可挽回的事情。

1　亦可同样思考虚无观这样一个差异很大的概念，丝毫也不增减真实的成分。在虚无的心理经验中，也是考虑两千年以后会发生的事，我们自己的虚无才真正有了意义。虚无从某一方面看，恰恰是由不会是我们当下生活的未来生活的总和构成的。——作者原注人并不选择。荒诞及其包含的生活的增量，“也不取决于人的意志”，而是人的反面，即死亡。[1]仔细掂量掂量的话，这里只关系到一个机会的问题，一定得择机而行。二十年的生活和经验，永远是无可替代的。

希腊人如此老练的民族，也有一种离谱的轻率，竟然认为年轻人早夭必是受到神的宠爱。果真如此的话，那就只能承认，进入诸神的可笑世界，就等于永远丧失最纯洁的快乐，即感受在人世的快乐。在一个始终保持意识的灵魂面前，当下和一系列当下，这才是荒诞人的理想。但是，这里所说的“理想”一词，还保持一种假声调。甚至谈不上他的使命，而仅仅是他的推理的第三种后果。关于荒诞的思索，从一种非人性的惶恐的意识出发，就在人反抗的激情烈焰中行进，又回到了终点。[2]

综上所述，我从荒诞得出三种后果，即我的反抗、我的自由和我的激情。我仅凭意识的手段，就把邀人死亡的观念变为生活的准则——而且我也拒绝自杀。我当然熟悉隐隐的回

1　意志在这里只是代理者，它倾向于维系意识。它还提供一种生活自律，这是值得赞赏的。——作者原注

2　重要的是前后一致。这里的出发点，是与世界达成的共识。东方思想则教导说，选择与世界对立，也可以进行同样的逻辑思辨。这也合乎情理，并给本论著指定前景与局限。但是，同时一丝不苟地否定世界的时候，往往能得出与吠檀多一些学派（古印度哲学学派）类似的结果，譬如事业上的冷漠性。让・格勒尼埃在一本重要著作《抉择》中，以这种方式创建了一个真正的“冷漠哲学”。——作者原注

声，贯穿这些岁月。但是，我只想讲一句话：因为这是必不可少的。尼采就这样写道：“显而易见，天和地的大趋势，就是长期地顺应同一个方向：久而久之，便产生了某种东西，值得在这片大地上生活，诸如美德、艺术、音乐、舞蹈、理性、精神，就是某种移风易俗的东西，某种高雅的、疯狂的或者神圣的东西。”这段话说明一种气度恢宏的道德准则，但是也指出了荒诞人的道路。顺应火热的激情，这最容易同时又最难。不过，人同困难较量，有时也好评价自己。这事儿唯独自己能办得到。

阿兰说道：“祈祷，就是黑夜光顾思想。”[1]神秘主义者和存在哲学家则回答：“然而，思想必须会合黑夜。”诚然如此，那也不是合上眼睛，仅凭人的意志产生的黑夜——不是那种精神幻生而欲迷失其中的黝黯闭合之夜。如果思想必定遇合一夜，那也应当是保持清醒的绝望之夜，应当是极地之夜、精神的不眠之夜，夜色中也许会升起那种纯净的白光，在智慧的光亮中显出每个物体的轮廓。到了这种境界，等值就遇合激情的理解了，甚至无须再提评价存在中的跳跃问题了。思想在人类形态的古老画卷中，就重获自己的地位了。在旁观者看来，这一跳跃，即便有意为之，仍然是荒诞的。思想自以为能解决这种悖论，反而使之完全恢复原状了。照此情由，思想是动人

1 阿兰（1863—1951），法国著名哲学家、作家。这句话引自他的《观念与时代》第一卷。——原编者注

心弦的。照此情由，一切都复归原位，荒诞世界也重生，尽显其壮丽辉煌和纷繁多样。

然而，中途停顿就糟糕了，很难满足于一种观察方式，也很难满足于自废矛盾——矛盾，也许是所有精神形态中最精微奥妙的形态。以上所述，只为明确一种思想方法。现在，就该生活了。

荒诞人

被剥夺了希望，不等于绝望，
大地的火焰完全抵得上天国的芳香。

假如斯塔夫罗金信教，那他也不相信他信教。

假如他不信教，那他也不相信他不信教。

——《群魔》[1]

歌德说："我的地盘，就是我的时间。"这真是荒诞的警语。荒诞人究竟是什么呢？就是毫不否认，不为永恒做任何事的人。并不是说怀旧对他来说是陌生之物，但是他偏爱自己的勇气和自己的推理。勇气教他义无反顾地生活，满足于现有的东西；推理则让他明白自己的局限。他确认了自己有期限的自由，没有前途的反抗以及会消亡的意识，便在他活着期间继续他的冒险。这就是他的地盘，这就是他的行动，排除一切判断，只保留自主判断的行动。对他而言，一种更加伟大的生

1 参看陀思妥耶夫斯基《群魔》第二部第六章。加缪曾将这部长篇小说改编成剧本，可见他对这部作品的激赏。

活，并不意味着另一种生活，否则就不诚实了。我在这里甚至不提称之为后世的那种可笑的永恒。罗兰夫人[1]寄希望于永恒。如此失慎得到了教训。后世倒乐得引用这个词，但是忽略了加以判断。罗兰夫人于后世漠不相关。

也不可能论述什么道德问题。我见过一些人极讲道德而行为不端，我也天天能观察到，为人诚实并不需要准则。只有一种道德，荒诞人能认可，那就是不离开上帝的道德，即自律的道德。然而，荒诞人恰恰生活在这个上帝的治外。至于其他道德（也包括非道德主义），荒诞人从中只看出申辩，而他没有什么要辩白的。这里我以他的无辜原则为出发点。

这种无辜十分骇人。“可以为所欲为！”伊凡·卡拉马佐夫[2]嚷道。这同样有荒诞的味道，但条件是不要庸俗地理解。我不知道是否有人看出门道：那不是一声解脱的欢叫，而是一种酸楚的确认。确信有一个能赋予人生以意义的上帝，这种确信的诱惑力远远超过作恶而不受惩罚的能力。选择并不难，但是不存在选择，苦涩的滋味已经开始。荒诞不是大撒手，而是套牢，并不是什么行为荒诞都允许。为所欲为并不意味着毫无

1 罗兰夫人（1754—1793），法国大革命时吉伦特派的代表人物。雅各宾派掌权时将她逮捕。1793年11月8日，罗兰夫人连同一批吉伦特派活跃分子被革命法庭判处绞刑。

2 伊凡·卡拉马佐夫是俄国作家陀思妥耶夫斯基创作的《卡拉马佐夫兄弟》中的主人公，是家中的次子，他是一个理性主义者，一生充满矛盾、混沌、犹疑，却又不断探索人生。——编者注

禁忌，荒诞只是将等值归还给种种行为的后果。荒诞并不指使人犯罪，那就太幼稚了，而是重视痛悔的徒劳无益。同样，假如所有的经验都是无所谓的，那么义务的经验也同别种经验一样合情合理，人可以出于任性而有美德。

一切道德的基石，就是后果能使一种行为正当或废止的观念。一个富有荒诞精神的人只是判断，这些后果应当心平气和地考量，他准备为此付出代价。换言之，在他看来，即便可能有责任者，却没有罪人。他顶多能同意利用过去的经验确定自己未来的行为。时间将激活时间，生活将支持生活。在这个既局限又充满可能性的地盘上，他觉得除了清醒，他本身一切都是不可预测的。从这种无理性的状态中，能产生出什么准则呢？唯一可能有教益的真理，在他看来绝不是形式上的。这个真理在世人中间活泼泼地展开。荒诞人在推理的终端可能要寻找的，绝不是伦理的准则，而是人生的图像与气息。下面几幅形象就属于人生的图景，这些形象接续荒诞推理，赋予推理以形态以及它们的热度。

一个事例不见得必是一个值得效仿的范例（如果可能放到荒诞世界里，就更应该如此），而这些图景也不是相应的典范，这种思想还有必要阐述吗？抛开其中必有的使命不谈，如果原本原样从卢梭那里拿来人要爬行[1]，从尼采那里拿来正

1 伏尔泰在给卢梭的信中，谈到《论人类不平等的起源与基础》时，这样写道：“读您的作品时，真想用四脚走路。”——原编者注

当地虐待母亲的结论，那就惹人耻笑了。一位现代作者写道：“固然应该荒诞，但是不要上当受骗。”[1]这里涉及的各种态度，只有考量其反面，才可能具有完全的意义。邮局的一名临时工和一位征服者，如果有相同的意识，那么两者就是平等的。在这方面，所在经验都不相干。经验有的助人，有的碍人，人若有意识便得助。否则的话，就无所谓了：一个人失败不要追究环境，而是怪他本人。

我仅仅选择这样一些人：他们的心要耗尽自身，或者我替他们意识到他们在耗尽自身，不会再往前推进了。眼下我只想谈一个世界，思想和人生都同样没有前途的世界。能促使人工作并忙活起来的一切，无不利用希望。唯一不说谎的思想，就是一种毫无结果的思想了。在荒诞世界里，一种概念或一个生命的价值，要以其贫乏的程度来衡量。

---

1 引自亨利·德·蒙泰朗（1895—1972）《无用的服务》，见《随笔集》第752页，伽利玛出版社，1963年版。——原编者注

唐璜主义

如果有爱就足够了，那事情就太简单了。人越爱，荒诞就越牢固。唐璜一个接着一个地换女人，缺少的并不是爱。将他描述成一个追求完全爱情的幻想者，就未免可笑了。然而，正因为他怀着同等冲动爱她们，每次都全身心投入，他才必须重复这种天赋、这种情爱的深化，从而每个女人都希望给他带去别的女人从未给过他的感受。每一次，她们都大错特错，所谓得手，只是让他感到这样重复的必要性。其中一位女子嚷道：“我终究给了你爱。”唐璜笑了，答道：“终究？不，只是多了一次。”[1]对他这种态度，会有人感到奇怪吗？为什么爱得深切，就必须爱得少呢？

1　参看普希金（1799—1837）剧作《唐璜》。1937年3月24日，在诗人不幸逝世一百周年之际，加缪组织的劳工剧团演了这出戏，加缪扮演唐璜。——原编者注

唐璜感伤吗？不大像，几乎不必引述他那些故事。那讪笑、那胜利者的放肆、那心跳，还有那出戏，都十分明显而欢快。凡是健康的人都倾向于繁衍，唐璜也不例外。再者说，忧伤的人有两个感伤的缘由：要么蒙昧无知，要么抱有希望。唐璜全然知晓，也不抱希望。他让人联想到那些艺人，他们了解自身的局限，也就从不超越，他们的精神恰好于这段不稳定的间歇，就怡然自得，拿出大师的范儿。这就是天才：智力了解自己的边界。直到肉体死亡的边界，唐璜都不识愁滋味。从他知道的那一刻起，他便敞声大笑，让人宽恕了一切。他抱定希望的时候，就伤感不已。如今，他从这个女人的口中，重又发现唯一令人欣慰的苦涩味道。苦涩？也不尽然：这种不完美必不可少，使得幸福更加易感！

试图在唐璜身上看到一个饱读传道书的人，那就是个大骗局。因为在他看来，期望另一种生活，如果不是虚空的话，那就没有什么虚空了。他证明这一点，逆天行事而游戏人生。沉溺于寻欢作乐而痛悔，这种虚弱无能的老套路，跟唐璜就不搭界。对浮士德倒挺合适：他颇相信上帝，因而把灵魂卖给了魔鬼。对于唐璜，事情就简单多了。莫利纳[1]笔下的“骗子”，针对别人拿地狱发出的威胁，总是这样回答：“你给我个长期限吧！”身后之事无足挂齿。善于活着的人，来日方长！浮士

1 莫利纳（1583—1648），西班牙剧作家。“骗子”系指他的喜剧《塞维勒的骗子》中的主要人物，剧中出现了唐璜的形象。

德要获取这个世界的财富：这个不幸者只要伸出手就行了。不善于愉悦灵魂就卖出去了。唐璜则相反，要求的是餍足。他离开一个女人，并不是绝对因为对她没有欲求了。美妇人总是那么秀色可餐。不过，他那是对另一个女人产生欲望，这不是一码事儿。

今世生活让他心满意足，失去了就比什么都糟糕。这个疯子才是个大智者。然而，抱着希望生活的人，却与这个世界格格不入，只因这个世界善良让位给了慷慨，柔情让位给了男性的沉默，同心同德让位给了孤独的勇气。人人都这么说：“他就是个弱者，一个理想主义者，或者一个圣徒。”无论如何也得吞下这种屈辱的伟大。

听唐璜讲话，听到适用所有女人的这句同样的话（或者看见这种贬低他所欣赏之物的会心一笑），大家都相当气愤。然而，对于追求欢乐数量的人，唯有效率才是硬道理。口令已经证明有效，何必还要复杂化呢？无论男人还是女人，谁都不听口令，倒是听发出口令的声音。那些口令就是准则、约定俗成和礼貌。口令既已发出，最重要的就是如何执行。唐璜准备照办。他为什么要给自己提出一个道德问题呢？他并不像米洛兹[1]笔下的那个人物马纳拉似的，因渴望成为圣徒而甘下地

1　米洛兹（1877—1939），法国诗人、作家，立陶宛裔。他的剧作《米盖尔·马纳拉》塑造了一个孤独而痛苦的唐璜形象。

狱。在他看来，地狱不过是人的一种教唆。对神灵的愤怒，他保持做人的尊严，仅仅回答这么一句——“我有这份荣誉”，他对骑士说道，“我履行自己的诺言，因为我是骑士”。不过，若把他视为一个背德者，那也大错特错了。他在这方面“如同世人”：他的道德就是同情或者憎恶。只有时时参照他所象征的俗人——通常的诱惑者和风月场上的男人，才能很好地理解唐璜，他是个普通的诱惑者。[1]除了这样一点差异：他是有意识的，因而就是荒诞的人。一个变得清醒的诱惑者，并不会相应就改变了，勾引女人是他的常态。只有在小说里，这个人物才一反常态，变得好起来。但是可以说，什么都没有变，同时一切又都改观了。唐璜所执行的，是一种数量的伦理，同追求质量的圣人正相反。不相信事物有深意，这是荒诞人的本色。那些热情洋溢或者惊叹不已的面孔，他都领略了，都储存起来，并且付之一炬。时间与他同行。荒诞人，就是须臾不离开时间的人。唐璜无意“收集”女色，金屋藏娇。他历尽女色，并同她们一起竭尽人生的机遇。收藏，就是尽量活在过去。但是，他拒不追悔，这是希望的另一种形式。他不善于观赏肖像。

因此他就是自私的吗？当然是以他的方式。不过，就这方

1 从充分意义上来理解，包括他的缺点，一种得当的态度也包含着缺点。——作者原注

面，还得交代明白。有的人生来为活一世，有的人生来为爱一生，唐璜至少肯说出来。不过，他好像有所选择，一定是长话短说。因为，这里谈及的爱，装饰着永恒的幻想。所有情欲专家都告诉我们，只有闹别扭的爱才是永恒的。没有争斗就没有什么激情。这样一种爱情，只有在终极的矛盾——死亡中，才能找到归宿。要么当维特[1]，要么什么也不是。至此，还是有好多种自杀方式，其中一种就是忘我而完全奉献。唐璜跟别人一样，知道这能打动人心。但是，他也是绝无仅有的几个少数人，深知这并不是至关重要的。同时他也完全明白。受一种伟大爱情驱动的人，完全摆脱个人的生活，在爱中也许能充实起来，可是被他们的爱选中的那些人，肯定会变得贫乏了。一位母亲、一位多情的女子，难免有一颗干涸的心，只因这颗心脱离了人世。心里只装着一种情感，只装着一个人，只装着一张面孔，可是自身整个儿被吞噬了。驱动唐璜的是另一种爱情，是解放者之爱。这种爱带来世上所有面孔，它那种战栗发自不会长久的认知，唐璜选择了爱后完全消失。

对他而言，关键是看清楚。我们所说的爱情，就是指参照书本和传说提供的集体看法，把我们同某些人连在一起的关系。然而，我所了解的爱情，无非是把我同某人联结起来的这

1 德国作家歌德《少年维特之烦恼》中的主人公维特。他爱上了一个叫绿蒂的姑娘，但她已经订婚，维特因此伤心欲绝。爱情上的绝望与对当时社会的不认同使他选择了自杀。——编者注

种欲望、温情和智力的混杂。而这种组合又因人而异，我无权给所有经验冠以同一名称。这就免得引导人以同样的行为去体验。荒诞人在这方面，也同样分身有术，不可能整齐划一。从而他发现了一种新的存在方式，这种方式既解放与他接近的人，至少也同样解放他自身。唯独同时自知是短暂而又独特的爱情，才是慷慨的爱情。正是所有这些死去的和再生的，集束为唐璜的人生。这是他给予并使人感受生活的方式，由大家来判断，能否说这就是自私自利。

我这里想到那些非要惩罚唐璜不可的人。不仅要惩罚来世，还要惩罚今世。我想到所有这些故事、这些传说和这些嘲笑，全压在老年唐璜的身上。不过，唐璜对此早有所准备。对一个憬悟的人来说，暮年晚景，并不是出人意料的事情。他完全意识到了，恰恰是因为他并不自我隐瞒寂寥凄凉的晚景。雅典有一座专门供奉老年的神庙，家长时而带孩子去拜老年神。对于唐璜，别人越是嘲笑，他的形象越是鲜明。有鉴于此，他拒不接受浪漫派赋予他的形象。这个饱受折磨的可怜虫唐璜，谁也不会嘲笑了。引起大家的怜悯，老天也许会拯救他吧？但是，问题并不在于此。在唐璜隐约瞥见的天宇中，可笑也同样是可以理解的。他认为受惩罚是理所当然的，这就是游戏规则。他正因为慷慨大度，才全部接受了游戏规则。不过，他自知有道理，也就谈不上惩罚，一种命运并不是一种惩罚。

这就是他的罪过，而我们明白，追求永恒的人称之为对他的惩罚。他掌握了一门不容幻想的科学，否定了追求永恒的人所宣扬的一切。爱并拥有，征服并耗尽，这就是他的认识方法。（《圣经》称“认识”为爱的行为，在《圣经》偏爱的这个词中自有深意）在他无视他们的情况下，他就成为他们的死敌。一位专栏编辑转述道，莫利纳剧中的那个“骗子确有其人，被方济各修会的修士们杀害了”，他们就是要“结束这个出身高贵而免受惩罚的唐璜的放纵和渎神”。他们随后便宣布，天雷将他劈死了。没人去证实这种怪异的结局，也没人去反证。我无须求证这是否是真的，但是我可以说这合乎逻辑。我这里只想保留“出身”一词，搞搞文字游戏：这就是说，生于世上确保他清白无辜，只有死后才背上罪名，而其罪过现在广为传说了。

这尊石雕骑士，这尊冰冷的雕像，移动来要惩罚这个血气方刚敢于思想的人，还意味着别的什么呢？意味着永恒理性、秩序、普遍道德所代表的所有权力，以及易怒的上帝全部怪异的妄自尊大，都集中体现在这尊石像上。这块没有灵魂的巨石，仅仅象征唐璜永远否定的那些势力。不过，石雕骑士的使命到此为止。霹雳雷电，又返回召唤来的人造天上。真正的悲剧另行上演，与他们毫不相干。不对，唐璜不是死在一尊雕像的手下。我情愿相信他在传说中的虚张声势，相信这个头脑健全的人的那种狂笑，向一尊根本不存在的神挑战。而且，我尤

其相信那天夜晚，唐璜在安娜家中等待，那尊石雕骑士并没有来，午夜过后，这个不信教的人一定感到，那些理直气壮的人苦不堪言。我还更愿意接受他那一生的记述，讲他后来隐退，终老在一座修道院里。并不是说故事有教益的方面就可以当作确有其事。要向上帝乞求什么庇护呢？这倒体现出一生沉浸于荒诞的合乎逻辑的归宿，一生转向没有来日的寻欢作乐而张皇失措的结局。享乐在此以苦修而告终。应当理解为，享乐与苦修可以作为同一贫乏的两副面孔。还能期望什么更为骇人的形象呢？一个被肉体背叛出卖的人的形象，这个人该死而没死，要把戏演完等待终场，面对面侍奉这个他不崇敬的上帝，就像从前侍奉生活那样，跪在虚无面前，双臂伸向他知道既不雄辩又没深度的上天。

我看见唐璜在一间修室的情景，西班牙修道院坐落在荒僻的山峦上。如果说他观望什么的话，那绝不是逃逝的爱情的幽灵，倒可能是从围墙灼热的枪眼，眺望西班牙一片寂静的平原，壮丽而没有灵魂的土地，他认出了自己。对，正应该停留在这副光彩熠熠的忧伤形象上。终局，等待而从不企盼，终局无足挂齿。

戏剧

哈姆雷特说道：“演戏，就是陷阱，我用来逮住国王的意识。”“逮住”，说得好。因为意识行进迅疾，动辄又缩回去。必须飞快地抓住，看准那千载难逢的瞬间，趁那意识匆匆投向自身一瞥的时机。常人不大喜欢拖延。相反，无不催促着他。然而与此同时，引起他兴趣的又莫过于他自身，尤其是他可能成为的样子。因而他喜欢剧院，喜欢看戏，那么多命运在他眼前展现，而他不受其苦，只接受其诗意。从这里可以认出，他是个无意识的人，继续奔向不知什么希望。荒诞人开始于此人终止之外：他不再观赏，精神要投入游戏了。深入所有这些生活，感受生活的多样性，这纯粹是表演生活了。并不是说一般演员都听从这种召唤，也不是说他们是荒诞人，只是表明他们的命运是荒诞的命运，可能诱惑吸引一颗明慧的心。上述必不可少，以免误解下文。

演员统御着必然消亡的场景。众所周知，在所有的荣耀中，演艺的荣耀最为短暂。这种说法至少出现在街谈巷议中。其实，各种荣耀无不昙花一现。根据天狼星来客[1]的观点，一万年之后，歌德的作品就将化为尘埃，他的名字也将被人遗忘。到那时候，也许会有几个考古学家发掘寻找我们时代的“证物”。这种想法始终有所教益。这种深思熟虑的想法，能将我们的焦躁烦乱引向在冷漠中发现的那种深挚的高尚，尤其能将我们的忧虑导向最可靠的事物，即当下的事物。在所有的荣耀中，欺骗性最小的就是能当场感受到的荣耀。

因此，演员就选择了不可计数的荣耀，即自我奉献的、感觉得到的荣耀。万物总有消亡的一天，正是演员从中得出最好的结论。一名演员，有时成功，有时不成功。一名作家，即使默默无闻，也心存一种希望。他料想自己的作品将见证他那段人生。演员顶多能给我们留下一幅照片，至于他的行为和沉默、他短促的气息和爱情的呼吸，他本身的一切，什么也不会呈现到我们面前。不为人知，就等于没演戏，如不演戏，那就等于随着所有那些人物死去上百次，而他本来可以使那些人物活跃或复活在舞台上。

1 典出伏尔泰哲理小说《米克罗梅加斯》，这个来自天狼星的小巨人到了地球，给地球人带来许多新奇的见解。

发现一种荣耀建立在极短暂的作品之上，有什么可大惊小怪的呢？演员有三小时工夫，扮演伊阿古或者阿尔塞斯特，费德尔或者格罗塞斯特[1]。在这短暂的过程中，他在五十平方米的舞台上，从生到死表演这些人物。荒诞从来没有这么长时间，表现得如此精彩。这些美妙的生活，这些独一无二的完整命运，在几小时之内，在几堵墙中间生长并完结，还能期望什么更有启发效果的缩影呢？离开舞台，希吉斯蒙[2]就什么也不是了。两小时之后，有人看见他在城里用晚餐，或许这时候，真的就人生如梦了。不过，继希吉斯蒙之后，又来了另外一个人。这个拿不定主意、自寻烦恼的主人公，替代了复仇之后长吼的那个人。演员就是这样，横跨几个世纪，历经各种精神，模仿人可能的和实际的样子，从而契合了另一个人物，荒诞的旅行者。演员也像荒诞人那样，耗尽某种事物，不停地奔波。他是时间的旅行者，在最好的情况下，堪称灵魂追逐的旅行者。数量的道德，果真能找到食粮的话，那也必定是在这种特殊的舞台上。演员能在多大程度上，得益于这些人物，这实在难说。但这并不是问题的关键，只需了解演员在多大程度上进入角色，融入这些不可替代的生活。有时，演员的确携带着这些人物，让他们略微超越了他们出生的时间和空间。有他们陪

1 这四人都是剧中人物：伊阿古是莎士比亚《奥赛罗》中的恶人，阿尔塞斯特是莫里哀《恨世者》的主人公，费德尔是拉辛同名悲剧的女主人公，格罗塞斯特是莎士比亚《理查三世》的主人公。

2 希吉斯蒙是西班牙剧作家卡尔德隆《人生如梦》的剧中人物。

伴，演员再想摆脱曾经的状态就不大容易了。有时他要拿起酒杯，不觉又重复哈姆雷特举杯的姿势。不错，他使之活跃在舞台上的人物，跟他的距离并不那么远。他月复一月，乃至日复一日，大量地演示这种极其丰富的现实生活，可见一个人要成为什么样子和他原本原样之间，并不存在什么界限。表现到何等程度，便成为存在了，这就是他要表明的，而且总那么用心更出色地扮演。因为，这正是他的艺术，绝对地假扮，尽可能深入不是他本人的那些生活。努力的结果，他的使命也就明晰了：尽心尽力达到谁也不是，或者化为许多人。他扮演的人物，塑造的空间越狭窄，就越是少不了他的才能。他今天就是所扮演人物的面孔，过三小时就要死去，必须在三小时之内，体验并表现一种非凡命运的全过程。这便是所谓丧失自我而为找回自我。这三小时内，他要将走不通的路走到底，而观戏的人却要走一辈子。

演员模仿易逝的人生，努力表现，只能在表面上曲尽其妙。舞台上的约定俗成，就是心灵仅仅通过肢体动作，或通过兼可表现心灵和肉体的声音表达出来，让人理解。按照这门艺术规则的要求，一切都加码放大，用肉体表达出来。如果在舞台上，像现实中那样表现爱，必须运用这种无可替代的心声，像深情凝视那样看对方，那么我们的语言始终就是密码了。舞台上的沉默应当听得见。爱情提高调门，甚至静止不动也变得壮观。躯体为王。“戏剧性”不是谁想做就做得到，而且，这个词，往往被错误地贬低，实则包含了一整套美学和一整套伦理。人生有一半时间是暗示，掉过头去，沉默不语。演员就是不速之客，他给这个灵魂祛除魔法，受禁锢的激情便纷纷登台表演。那些激情通过各种动作说话，只靠着呼喊存活。演员就这样构成他的人物并展现出来。他绘制或者雕刻这些人物，想象出他的形态，融入其中，将他的血液注入这些幽灵的躯体里。自不待言，我指的是伟大的戏剧，能给演员提供机会，完成他那有血有肉的命运的戏剧。请看莎士比亚：这出戏一开场，就是躯体的疯狂，驱动着舞蹈。疯狂说明了一切。没有疯狂，整出戏就土崩瓦解。李尔王不做出粗暴的举动，放逐考德莉娅，处罚爱德加，就不会赴疯狂给他的约会。这出悲剧于恰当的气氛中，在疯癫的征象下展开。那些灵魂任由魔鬼摆布，狂舞乱跳。少说有四种疯子：一种因职业，一种出于意愿，另外两种则是遭受折磨所致。处于同样状况，都有四个紊乱的躯体、四副无以言表的面孔。

人体周身全算上也还不够。面具和厚底靴，脸部化装，减弱或突出其主要特征，服装既夸张又简化，这个舞台天地为表象牺牲了一切，完全为眼球而设。好一个荒诞的奇迹，仍然是躯体带来认知。我若不是扮演这个角色，就永远也不能理解伊阿古。听他的台词也是白听，只有亲眼看见的时候，我才抓住了他。演员从这荒诞人物身上获取了单调，这个独一无二的身影，既奇特又熟识，令人心荡神迷，演员就携着这身影穿越他的所有角色。这仍表明伟大的戏剧作品有助于格调的统一。[1]正是在这方面，演员出尔反尔：既单一却又极为多样，单独一个躯体，凝聚了那么多灵魂。然而，这是十足的荒诞的矛盾：这个人什么都想达到，什么都想经历，这是徒劳的企图，这是毫无意义的固执。总是出尔反尔，在他身上却协调一致。他到了这种境界：肉体和精神重又相聚，精神屡屡落败，只好回归它这最忠实的盟友。哈姆雷特说道："祝福这些人吧，他们的鲜血与判断如此奇妙地混合，再也不是命运的手指随意按孔就吟唱的笛子了。"

教会怎么没有谴责演员这种行径呢？它批驳这种艺术使异端灵魂激增，情感堕落，批驳一种精神既不愿只经历一种命运，又要冲进各种放纵之中的可耻企图。教会还禁止演员把兴趣放到现实上和普洛透斯[2]式的胜利上，否定教会的一切教诲。永恒不是一场游戏。一种思想丧失理智，喜爱一出喜剧竟然胜过永恒，也就无可救赎了。在"到处"和"永远"之间，

---

1 我在此处想到莫里哀笔下的阿尔塞斯特。整出戏都极其简单，极其明显，又极其粗俗。阿尔塞斯特指责菲兰特，塞莉梅娜指责爱莉昂特，整个主题都置于一种推向极致的性格的荒诞后果中，而那诗本身，"拙劣的诗"，几乎没有节奏，如同那性格的单调。——作者原注

2 希腊神话中变幻无常的海神，又名"海中老人"。他能知未来，如有人发现他在岩石的阴影下睡午觉，他就向那人预告未来。

没有妥协的余地。因此，这种备遭贬低非难的行当，就可能产生过度的精神冲突。尼采说道：“重要的不是永恒的生命，而是永恒的活力。”其实，全部悲剧就发生在这种选择之中。

阿德里安娜·勒库弗勒[1]在临终的床上很想忏悔，并且领受圣体，但是不肯弃绝她那职业，因而丧失了忏悔的特惠。她违抗上帝，不是要维护自己深挚的激情又是什么呢？这个生命垂危的女子，流着眼泪拒绝否定她所称之为的艺术，从而表现出来的伟大，是她在舞台脚灯前表演所从未达到的。这是她最出色也最难演的角色。在上天和一种可笑的专一之间进行选择，更加珍爱自己，不做永恒的供品，也不沉迷于上帝，这就是千百年来的悲剧，她必须在剧中保持自己的位置。

那个时代的演员，无不深知已被逐出教门。进入演艺行业，就是选择地狱。教会从他们身上分辨出最凶恶的敌人。有几个文人义愤填膺：“怎么，拒不给莫里哀临终的救助！”[2]然而，这是理所当然的，尤其是这个主儿，死在戏台上，从粉墨的形象结束整个奉献扮演众生的一生。有人谈起他，说什么天才原谅一切。其实，天才什么也不原谅，恰恰是因为天才本来

1 阿德里安娜·勒库弗勒（1692—1730），法国著名女演员，表演风格自然而朴实，给舞台带去新风，因没有脱离演艺生涯，死后受到教会势力的凌辱，圣·绪尔皮斯本堂神父不给她举行宗教葬礼，不准葬在教堂墓地。伏尔泰在诗歌《勒库弗勒小姐之死》和哲理小说《老实人》第二十二节，都揭露了教会势力对演员的迫害。

2 莫里哀死时没有得到宗教的救助，秘密埋葬在圣·约瑟夫墓地（如今巴黎第一区），那里专门埋葬自杀者和没有洗礼的儿童。——原编者注

就拒绝。

演员自当知道势必受到什么惩罚。然而，生活本身给自己保留的最后的惩罚，以此为代价的那种十分模糊的威胁，又能有什么意义呢？演员事先体验的正是这种惩罚，而且全盘接受了。无论演员还是荒诞人，早夭是无可挽回的。不如此，什么也抵偿不了他扮演的角色和经历的世纪的总和。但不管怎样，总归是命。因为演员固然无处不在，可是岁月不饶人，在他身上留下印迹。

稍微有点儿想象力，就能感觉出演员的命运意味着什么。演员就是在时间中构思并陈列他的人物。他也是在时间中学会统御他们的。他越是经历不同的人生，越容易同那些人生分手。时间一到，他就必须死在舞台上，从这世间消失。他经历过的都历历在目，看得很清楚。他感到一生冒险所包含的撕心裂肺和不可替代的成分。他全看透了，现在可以死去了。那些老演员可以住进养老院。

征服

征服者说："不，不要以为我喜爱行动，就得放弃思考。相反，我相信什么完全可以确定。只因我信得坚定，见得确切而明晰。不要轻信这么说的人：'这个嘛，我太清楚了，就是讲不出来。'他们之所以表达不出来，正因为他们不知道，或者懒惰惯了，只了解点儿皮毛。"

我没有多少见解。人到生命完结的时候才发觉，自己用了许多年确认一个真理。然而，哪管一个真理，只要明了，就足以引导一个人的一生。至于我，确实有话要说，谈谈个人。必须毫不客气地讲出来，如有必要，还得适当地表示鄙夷。

一个人沉默多于讲话，必成为一个强人。有许多事情，我就保持缄默。但是我坚信，所有那些人评价个体，立论所依据的经验比我们要少得多。智力，振奋人心的智力，也许预感出了应当察觉到的情况。然而时代及其废墟和鲜血，用极明显的事实充塞我们的头脑。古代民族，甚至非常近代的，乃至我们这个机械时代的民族，都可能审察社会的美德和个人的德行，探究哪一个应该为另一个服务。可能出现这种状况，首先由于人心的这种根深蒂固的谬见，即人生于世不是侍候人，就是受人服侍。还有一种缘由：无论社会还是个人，都还没有充分展现各自的本领。

我见过一些富有才智的人，他们观赏荷兰画家的杰作，大为赞叹产生于弗朗德勒血腥战争中心的作品，也为三十年残酷战争正酣，西里西亚神秘主义者所做的祈祷而大大感动。在他们惊奇的眼里，在世俗纷争之上，悬浮着永恒的价值。不过后来，时过境迁。如今的画家缺乏了那种宁静。即使他们内里还有一颗创作者所必需的心，我是说一颗冷漠的心，那也根本用不上。因为包括圣人本身，所有人都动员起来了。这也许是我感受最深的一点。每种夭折在战壕里的形式，每个被刀枪击碎的妙思、比喻或祈祷，永恒便随之丧失一部分。我意识到我离不开自己的时间，就决定同时间合为一体。我之所以这么重视个体，只因为在我看来，个体微不足道而又备受屈辱。我知道没有胜利的事业，那么就把兴趣放到失败的事业：这些事业需要一颗完整的心灵，对自己的失败和暂时的胜利都无所谓。对感到心系这个世界命运的人来说，文明的撞击具有令人惶恐的效果。我把这化为自己的惶恐不安，同时也要撞撞大运。在历史和永恒之间，我选择了历史，只因我喜爱确定的东西。至少，我信得过历史，怎么能否定把我压倒的这种力量呢？

在静观和行动之间，总有事到临头必须选择的时候。这就叫作长大成人。这种撕心裂肺的痛苦实不堪忍受。然而对一颗自豪的心灵来说，就没有中间路可走。有的只是上帝或时间，这个十字架或这把剑。这个世界有一种超越它的骚动的更高意义，或者除了骚乱什么都不是真的。必须跟时间共同生活，一起死去，或者为了一种更伟大的人生而逃避时间。我知道人可以妥协，可以生活在当代而相信永恒。这就叫作接受。可是，我憎恶这个字眼儿，我全要，或者什么也不要。我就是选择行动，也不要以为对我来说，静观就是一块陌生之地。但是，静观不可能给我一切，我又被剥夺了永恒，就愿意同时间结盟了。无论怀旧还是人生苦涩，我都不愿记到我的账上，只想看清楚了。我要告诉您，明天您就要应征入伍。对您和对我来说，都是一种解放。个人什么都干不成，然而什么都可以干。在这种不受拘束的美妙状态中，您应当明白，我为什么既激励又压倒个体。正是世界碾压个人，也正是我将其解放。我提供给个人全部应有的权利。

征服者也知道，行动本身是徒劳无益的。只有一种行动有效用，即重造人和大地。我永远也改造不了世人。但是，一定得“死马当作活马医”。因为我在斗争的路上，难免会遇到血肉之躯。肉体，即使遭受屈辱，也是我唯一确定的东西。我只能靠肉体存活。造物就是我的家园。这就是为什么，我选择了这种没有意义的荒诞努力。这就是为什么，我站到了斗争这一边。我说过了，时代恰逢其时。迄今为止，一个征服者的伟大体现在地理方面，用占据的领土面积来衡量。这个词转变了意思绝非偶然，现在不再指获胜的将军了。伟大转变了阵营，进入抗议和无前途的牺牲之中。这种选择，也绝不是喜爱失败。当然要盼望胜利。然而，胜利只有一种，即永恒的胜利，是我永远获取不到的。我就绊在这里，还紧紧抓住不放了。一场革命，总是形成一场反神运动，首开的就是普罗米修斯的革命[1]，他是现代的第一个征服者。这是人对抗命运的一种诉求：穷人的诉求不过是一种借口。但是，我只能在人的历史行动中抓住这种精神，这也正是我与之相会的机会。可也不要以为我会乐在其中，面对本质的矛盾，我还坚持我这人的矛盾。我将自己清醒的判断力置于否定矛盾的论调中间。我直面压垮人的东西激励人，于是，我的自由、我的反抗和我的激情，都汇聚在这种高度的紧张、这种敏锐的观察和这种无以复加的重复之中。

不错，人就是他本身的目的，也是他唯一的目的。人若想成为什么，那也是在这种生活中。现在，我终究了解了。征服者有时讲讲战胜和克服。其实，他们所指的始终是“克服自

1　阿尔贝·加缪指导劳工剧团，于1937年3月，排练演出了埃斯库罗斯的剧作《被缚的普罗米修斯》。——原编者注

我”。您完全明白这其中的含义。在某些时刻，任何人都感到自己相当于一个神。至少有人就这样明言。不过，这来自一闪念，自己感到了人的精神的惊人伟大。征服者不过是充分感到自己力量的人，确信能始终生活在这种高度，并且完全意识到这种伟大。这是一个算术问题，多算一点儿少算一点儿。征服者能够达到最高值，但是他们怎么也不可能高于人本身，即使有这种意愿。因此，他们永远不会脱离人的熔炉，而是投入最炽热的革命之魂中。

他们在熔炉里发现了伤残的造物，但是也遇见他们喜爱并赞赏的唯一价值，即人及其沉默。这既是他们的贫乏，也是他们的财富。对他们而言，唯一能有的奢侈，表现在人的关系上。怎么还能不理解，在这脆弱的天地里，与人有关的一切，唯独与人有关的事物，才具有一种更为火辣的意义呢？紧绷的面孔，受到威胁的博爱、人与人之间既特别牢固又特别羞怯的友谊，这些都是真正的财富，因为无不转瞬即逝。精神就是在这些财富中间，最能感受它的权利和局限，也就是说它的效力。有几个人提及天才，然而天才，说得太轻率了，我更喜欢用智力。应当说智力可能非常卓越，照亮并统御这片荒漠。智力知道自己的依附地位，表现得有声有色，最后和这身躯一同死去。但是心中有数，这便是智力的自由。

我们也明明知道，所有教会都反对我们。心弦绷得如此紧的一颗心逃避永恒，而所有教会，神圣的或者政治的，都自诩为永恒。可是在这些教会看来，幸福和勇气、薪水和正义，都是次要的目的。教会给世人提供学说，就必须遵奉。然而，我对那些理念和永恒根本没兴趣。适合我的真理，我一抬手就能触碰到，而且形影不离。这就是为什么，你们以我为依据，什么也确立不起来：征服者身上什么都不长久，甚至包括他的学说。

这一切的终点便是死亡，无可奈何。我们一清二楚。我们也清楚，死亡终了一切。这就是为什么，遍布欧洲的这些墓地非常丑陋，让我们当中某些人噩梦缠身。人只美化喜爱的东西，而对于死亡，我们又反感又厌倦。死亡也同样需要人征服。当年帕多瓦城，被威尼斯军队包围，又闹了鼠疫，变成空城，最后一个卡拉拉家族[1]的人，呼号着跑遍他那空荡荡的王宫各个厅室，召唤魔鬼但求一死。这便是一种克服死亡的方式。西方还特有一种勇气，表现在死亡自以为受到敬重的地方，布置得特别狰狞可怕。在反抗者的宇宙中，死亡彰显着非正义。死亡是登峰造极的滥用权力。

另一些人，也同样毫不妥协，选择了永恒，揭露人世的虚幻。他们的墓地在花鸟丛中微笑。这正适合征服者，向他呈现他所摈弃的东西的清晰形象。征服者则相反，选择了黑色的铁围栏和无名的壕沟。信奉永恒的人中间最优秀者，面对富有

1 帕多瓦为意大利城市，中世纪受卡拉拉家族的统治。

才智的人肯同他们这种死亡的形象共存，有时惊骇不已，有时心里又充满了敬重和怜悯。然而，这些富有才智的人却从中汲取力量和自身存在的依据。命运就面对着我们，我们不断挑战的也正是命运。主要不是自尊使然，更是出于我们的意识：认识到我们毫无意义的生活状况。我们也同样，时而也可怜自身。这是我们觉得唯一可以接受的同情：这样一种感情，也许您不大理解，觉得缺乏气概。不过，我们当中最有胆量的人却深有体会。我们只是把头脑清醒者称为有气概，我们也不需要脱离洞察力的一种力量。

再次申明，这些形象推出的并不是道德的教训，也没有插入判断，就是些画面，仅仅表现一种生活格调。情人、演员或者冒险家，无不扮演着荒诞。当然，他们若是愿意的话，同样可以扮演贞洁的人、官吏或者共和国总统。只要了然于胸，丝毫也不掩饰就足够了。在意大利博物馆，有时能看到小彩屏，那是从前教士举到死囚面前遮挡绞刑架的。各种形式的跳跃，冲进神圣和永恒，沉溺于日常生活或者头脑里的幻想，所有这些屏幕挡住了荒诞。也有一些公职人员没有屏幕，我要谈的正是他们。

我选择了最极端的人。到了这种等级，荒诞就赋予他们一种王权了。不错，他们是无国之君。但是比起别人来，他们有这种优势，知道所有王国都是虚幻的。他们心知肚明，这就是他们的全部伟大之所在，而有人却徒然要谈他们隐藏的不幸，或者幻灭的灰烬。被剥夺了希望，不等于绝望，大地的火焰完全抵得上天国的芳香。无论我还是其他任何人，在这里都无权评断他们。他们不求多么优秀，但是尽量始终不渝。“明智”一词，如果用于知足者，生活上满足于已有，并不胡思乱想没有的东西，那么我们这里所说的人就是明智者了。他们当中一个人，知道得比谁都更清楚，不过，在精神领域当数征服者，在感知方面当数唐璜，在智力上当数演员。“一个人将他珍视的绵羊般的小小温情直达完美时，无论在大地还是天上，根本不配享有特惠：往好里说，他不折不扣，仍然是一只可爱的小绵羊，长着犄角而显得可笑，仅此而已——还得假定他没有因虚荣而丧命，也没有摆脱那法官架势而引起公愤。”

无论如何，也必须为荒诞推理恢复更为热忱的面孔。想象力还可以增添许多别的面孔，那些禁锢在时间里和流放中的人，他们在没有未来也没有软肋的天地里，也同样善于合度得体地生活。这个无神的荒诞世界，于是就住满了思路清晰而不再抱希望的人。我还没有谈最荒诞的，即创作者。

荒诞的创作

推石上山这场搏斗本身，
就足以充实一颗人心。

哲学与小说

在荒诞的稀薄空气中，所有这些维系着的生命，如果没有某种深刻而一贯的思想大力鼓舞，就不可能坚持下来。即使这样，也可能只是一种奇特的忠实情感。我们也见过一些意识挺强的人，在最愚蠢的战争中完成他们的任务，却并不觉得身处矛盾之中。那是因为什么也逃避不了。因此，支撑着世界的荒诞性，就有一种形而上的幸福感。征服或游戏、数不胜数的爱情、荒诞的反抗，这些全是人在一场明知必败的战役中，向自己的尊严表示的敬意。

问题仅仅在于恪守战斗的规则。这种思想就是以滋养一种精神，曾经支持并继续支持一些完整的文明。大家并不否定战争。遭逢战乱，生死由天。荒诞就是如此：必须与之同呼吸，承认荒诞的教诲，寻出那些教诲的血肉之躯。在这方面，典型的荒诞快乐，就是创作。尼采说道："艺术，唯独艺术，我们有了艺术，就根本不必因真理而死了。”

我力图描述，并以不同方式让人感受经验时，一种烦恼消亡之处，必定出现另一种烦恼。幼稚般寻找遗忘，呼唤满足，现在却没有回声。然而，让人面对世界站得住的那种绷紧的定力，促使人迎接一切的那种有条理的疯狂，给人留下了另一种狂热。在这洞天地里，要想维系自己的意识，确定哪些冒险，作品则是唯一的机会。创作，就是活两次。那个普鲁斯特焦躁不安，摸索寻找，那么细腻集中地描述鲜花、壁毯和惶恐心情，也并没有任何别的含义。与此同时，普鲁斯特的创伤，比起演员、征服者以及所有荒诞人，在他们生命的每天都持续不断而不可估量的创作来，也没有更多的意义。所有人都试图模仿、重复，重新创造现实，即他们的现实。最终我们总能拥有我们人生的真相。对一个背离永恒的人来说，整个人生，不过是一种戴上荒诞面具过度的模仿。

这些人首先就心中有数，然后竭尽全力跑遍，扩展并丰富他们刚刚登临的无前途的小岛。但是，必须首先了解清楚。因为，荒诞的发现有个暂停时间段，碰巧未来的激情正在形成并确立下来。人即使没有福音，也有他们的橄榄山[1]。他们在自己的橄榄山上，也同样不能睡觉。对荒诞人来说，问题不再是解释乃至解决了，而是体验和描述。一切都始于富有洞察力的

1 耶路撒冷城东的圣山。据《圣经》记载，耶稣到橄榄山上向门徒讲道，不准他们睡觉，以免受迷惑。

冷漠。

描述，这是一种荒诞思想的最后雄心。科学也抵达了自身悖论的终点，不再推荐什么，而是停下来静观，绘制现象始终原初的景象。心灵就这样豁亮了，明白我们面对世界的容貌满怀的冲动，并不是来自世界的深度，而是来自世界面貌的多样性。没有必要解释，但是留下了感觉，随着感觉还有不断的呼唤，召来一个在数量上取之不尽的宇宙。人们就在这里认清艺术作品的地位。

艺术作品既标志一种经验的死亡，也表明这种经验的繁衍，好似由世界组合好了的主题激情而单调的重复：躯体、神庙门楣上层出不穷的形象、形状或色彩、众多或匮乏。因此，在创作者绚丽而稚拙的天地里，尽数找出本论著的重要主题，也不是无所谓的事。人可能走进误区，从中看到一种象征，以为艺术作品终究可以认作荒诞的庇护所。须知艺术作品本身，也是一种荒诞现象，仅仅在于描述荒诞，并不能给精神痛苦打开一条出路，反而是这种痛苦在一个人全部思想中回响的一种征象。不过，艺术作品破天荒第一次，使精神走出自身，置于别人面前，不是为了使其迷失方向，而是指明人人都踏上的这条路根本走不通。在荒诞推理的时间段，创作追随着冷漠和发现，标明荒诞激情冲起之点，正是推理停止之处。创作在本文中的地位，就这样名正言顺了。

只要揭示创作者和思想家共有的几个主题，我们在艺术作品中，就能重新发现思想进入荒诞所遇到的所有矛盾。其实，主要还是他们共同的矛盾，而不是相同的结论促成他们智力的亲缘关系。思想和创作均如此。几乎无须我讲，正是同一种烦恼促使人采取这些态度。也正因为如此，这些态度起步时都大同小异。然而，从荒诞出发的所有思想，我却极少见到有坚持得住的。正是从那些思想的差距和不忠的程度上，我才更好地衡量出只属于荒诞的成分。与此同时，我也难免自问：一件荒诞作品能创作出来吗？

从前艺术和哲学之间相对立的那种裁断，如今不会有人过分强调了。如果要过分认真地去解读，那么可以肯定，那种裁断是错误的。如果只想说这两套系统各有特殊的环境，那无疑就说对了，但是也太空泛。一方面，哲学家封闭在自己的体系“中间”；而另一方面，艺术家“面对”自己的作品，这两者之间所引起的矛盾，则是唯一可接受的论据。不过，这只适用于艺术和哲学的某种形式，而在这里我们认为是次要的。脱离创作者的艺术构思，不仅过时了，而且还是虚假的。

应当指出，从来没有哪位哲学家创立学说有好几个体系，而艺术家则不然。但是，此话不虚，仅仅指这种情况：任何艺术家从不同的面貌，也向来只表现一种东西。艺术瞬间的完善、不断更新的必要性，这仅仅是偏见造成的事实。因为艺术作品也是一种构造，而众所周知，伟大的艺术家在多大程度上可能显得单调。艺术家堪比思想家，以同样资格介入自己的作品，在作品中实现自我。这种渗透提出了最重要的美学问题。此外，以不同的方法和对象来区分，在那些确信精神目标的一致性的人看来，是最徒劳无益的事了。人为了理解和爱而设定的学科门类之间，其实并没有界限，彼此相互渗透，又因同样的焦虑而混同难辨。

一开始就必须说明这一点。为了创作出一部荒诞作品，思想务必以最清醒的状态参与进来。然而，与此同时，思想也绝不可以在作品中显山露水，顶多作为统筹安排的智力。这种反常现象用荒诞解释得通。艺术作品诞生于智力放弃具体推理，标志着物质世界的胜利。正是清醒的思想激发作品，但是就在这种创作行为中又舍弃了自我。清醒的思想不会受到诱惑，就给描述外加一层明知不合情理的更深意义。艺术作品体现了智力的一种悲剧，但只是间接地成为智力悲剧的证据。荒诞作品要求艺术家必须意识到这些局限，艺术中具体描述别无深意，只表现自身。荒诞作品不能成为一种人生的目的、意义和慰藉。创作或者不创作，改变不了什么。荒诞的创作者并不执着于自己的作品，可以放弃创作，有时也确实放弃了。有一个阿比西尼亚[1]就足够了。

在这里同时可以看到一条美学规则。真正的艺术作品总

1 阿比西尼亚，即今之埃塞俄比亚，这里暗指死亡，源于法国象征派诗人兰波之死的传说。据传，兰波于1880年在哈勒尔殒命，实际上并非如此。

合乎人性的尺度，本质上是“少”说的作品。在一个艺术家的总体经验和反映这种经验之间，在《威廉·迈斯特》和歌德的成熟时期之间，总有某种关系。如果作品硬要把全部经验置于一种解释文学的花边纸上，那么这种关系就很糟糕。如果作品仅仅是从经验上剪裁下来的一块，仅仅是钻石的一个切面，闪耀着凝聚在内里无所限制的光芒，那么这种关系就很好。在头一种情况，那是负荷过重并奢求永恒。在第二种情况，作品则格外繁丰，只因经验尽在不言中，读者能推测出丰富性。对于荒诞的艺术家，问题就在于获得胜过处世之道的生活本领。总之，伟大的艺术家身处这种环境，首先就要成为人生的大行家，懂得活在世上，既是体验又是思考。因此，作品能体现出一种智力的悲剧。荒诞的作品表明思想放弃了自身的威望，甘愿只充当智力，彰显表象，用大量形象覆盖住没有道理的事物，如果说世界明明白白，艺术则不清不楚。

这里不谈形式艺术或色彩艺术：在那些艺术中，唯独描绘占统治地位，以谦虚姿态显示其流光溢彩。[1]表达始于思想结束之处。那些两眼空洞的年轻人[2]，充斥于神庙和博物馆，而世人将他们的哲学化作行为。在一个荒诞人看来，这种哲学的

1 我们看到一个有趣的现象，最富智力型的画作，力图将现实压缩成基本成分，最终也就只剩下悦目的效果了。这样的画作只保留了世界的色彩。

2 指陈列在神庙和博物馆里的雕像。

教益，比所有图书馆加在一起还要大。换个角度看，音乐也是如此。如果说有一种艺术剥离了教导，那恰恰是音乐。这种艺术同数学太相近了，难免不借用数学的无动机性。精神自娱的这种游戏，遵循适度约定的规则，在我们这个有声的空间里进行，振波突破这个空间，汇合而成为一个非人的天宇。绝没有更纯粹的感觉了。这些事例俯拾皆是。荒诞人将这些形式和悦耳的音韵视为己出。

不过，我要在这里谈论一种作品：其解释的意图一向最大，由自身生成幻想，而结论几乎百发百中。我指的是小说创作。我也心生疑虑，荒诞在小说的创作中能否坚持得住。

思想，首先就是想要创造一个世界（或者界定自己的天地，这是一码事）。创造的起点就是将人与其经验分离的根本矛盾，进而沿着人怀旧的思路，找到一块融洽的领地，一个由理性掌控的，或者由类似理性的东西照亮的宇宙，从而解决这种难以容忍的分离。哲学家，即便是康德，也同样是个创造者。哲学家有自己的人物、自己的象征以及自己的隐秘行动，还有自行安排的结局。反之，小说则走到诗歌和随笔的前头，不管表象如何，也只是显示艺术的一种更为广泛的智能化。一定得搞清楚，这里特指最伟大的小说家。一种体裁的丰富性和伟大的程度，从其所包含的糟粕往往能衡量出来。坏小说的数量不应当让人遗忘最优秀作品的伟大。最佳小说恰恰载有各自

的宇宙。小说自有小说的逻辑，也自有推理、直觉和公设，小说也同样要求明晰。[1]

上文提及的传统对立，在这种特殊情况下，就更加不合理了。那是在容易拆分哲学及其作者的时期，这种对立才大行其道。如今，思想不再扬言囊括世界了，而思想最出色的历史，恐怕就是反省痛悔史了。我们也知道，行得通的体系，并不同它的作者分离。《伦理学》[2]，从其自身的某个方面看，不过是一部冗长而苛刻的自白而已。抽象的思想终于回归血肉之躯的依托。同样，肉体和激情的小说游戏的安排，就更加符合一种观看世界的要求。作者不再讲“故事”了，而是创造自己的世界。伟大的小说家是哲理小说家，亦即命题作家的对立面。这里只列举几位，诸如巴尔扎克、萨德、麦尔维尔、斯丹达尔、陀思妥耶夫斯基、普鲁斯特、马尔罗、卡夫卡。

不过，他们选择了用形象，而非用推理写作，这恰恰透露出他们有某种共同的思想，即确信任何解释的原则都用不上了，还坚信感性的表象含有教育的信息。他们认为作品既是一种终结，又是一场开端。作品是一种往往不做解释的哲学的成果，是

---

1 应当深思之：这能解释糟糕透顶的小说。几乎所有人都自以为有能力思想，而在一定程度上，也确实在思想，好歹就难说了。反之，很少有人会想象自己是诗人或者写手。不过，自从思想占了上风，胜过风格的时候起，大批人趋之若鹜，都染指小说了。这并不像有人说的那样，是个多么大的弊端。最优秀的小说家就会更加严格要求自己了。至于那些倒在写作路上的人，他们本来就不该存活。——作者原注

2 荷兰哲学家斯宾诺莎（1632—1677）的代表作。

这种哲学的例证和图式。然而，要有这种哲学言外之意的补充，作品才算完整，也终于证实了一种古老主题的变调说法：少许思想使人远离生活，更多思想把人带回生活。思想不能把现实理想化，便止于模仿现实了。这里所指的小说，正是认识现实的工具：这种认识既相对，又取之不尽，酷似对爱情的认识。以爱情为题的小说创作既有初恋时的惊喜，又有无穷的回味。

至少是初始阶段，我承认小说具有这些魅力。但是我也承认，受屈辱的思想的这些精英有同样的魅力，随后我还得以旁观他们自杀。我所感兴趣的，正是了解并描写是什么力量，将他们拉回幻想的共同之路。因此在这里，为我所用的还是同一方法。这方法已经使用过，我的推理可以缩短，可以及时用一个简明的事例概括出来。我就是想知道，人义无反顾地接受生活之后，是否还能同样义无反顾地工作和创作，究竟是什么道路通向这些自由。我想让我的宇宙摆脱它的幽灵，仅仅布满我不能否定其存在的有血有肉的真实。我可以创伤荒诞作品，选择创伤的姿态，而不是迁就别种姿态。不过，一种荒诞的姿态，如若保持原本原样，就必须始终高度意识到自己的无动机性。作品就是如此。如果荒诞的要求没有得到尊重，如果作品没有反映分离与反抗，而是趋奉幻想并诱发希望，那就谈不上无动机了。我再也脱离不开作品了，我的人生可以从中找出一种意义：这未免可笑。作品再也不是那种超脱和激情的操练，以便消耗壮丽而无用的人生了。

在创作中，解释的诱惑力极大，创作者能够抵制吗？在虚假的世界里，对真实世界的意识又极强烈，我能否忠于荒诞而不趋附下结论的渴望呢？在创作最后的努力中，还要面对同样多的问题。我们已经明白这些问题意味着什么。正是意识的最后顾虑，唯恐以最后一种幻想为代价，抛弃当初艰难的教诲。适合创作的东西，被认为意识到荒诞的人可能采取的“一种”态度，也适用于向他提供的生活的各个类型。征服者或者演员，创造者或者唐璜，可以忘却如意识不到无理性的特点，他们就不可能进行生活的操练。人特别快就习惯了。人要生活幸福，就得想法儿赚钱，一生最大的精力、最好的时光，都集中在赚钱上。幸福置于脑后，采取的手段反而成了目的。这个征服者的全部努力，也同样要偏向野心，那不过是通往一种更伟大的生活之路。唐璜亦然，也将接受自己的命运，满足于这种只因反抗才显伟大的人生。对于征服者，那是自觉意识；而对于唐璜，则是反抗，在这两种情况下，荒诞都消失了。人心里执着的希望太多了。一无所有的人，到头来也往往认同幻想了。出于安宁需要的这种认同，则是共存的孪生兄弟，于是就有了光明的神灵和泥塑的偶像[1]。不过，这是中间道路，通向

1 暗指由但以理讲述的巴比伦王尼布甲尼撒之梦（《旧约·但以理书》第二章31—35）：雕像的头用薄金制成，双足部分用铁，部分用泥土，被一块石头砸得粉碎。——原编者注

必须找到的那些人的面孔。

迄今为止，倒是荒诞的要求所遭受的挫败，能让我们更好地了解这种要求是什么。同样，小说创作也像某些哲学作品那样，可能呈现相同的模糊性，只要提醒我们注意这一点就足够了。因此，我可以选择一部作品来阐明，这部作品汇聚了一切，标明了荒诞的意识，其发端就非常明确，氛围也非常清晰。后果对我们一定会有教益。如果荒诞在作品中未得到尊重，我们也能看出幻想是从什么途径潜入的。一个确切的事例、一个主题、创作者的一种忠诚，这也就足够了。只是同样的分析，这种分析已经详细做过了。

我要研究陀思妥耶夫斯基偏爱的一个主题。我本来还可以研究其他作品。[1]不过，研读这部作品，可以从崇高和感情的意义上，直接论述这个问题，就像论述前面谈及的存在思想。这种平行关系有助于我的目标。

1　例如马尔罗的作品。然而要论述，就势必同时涉及社会问题，而社会问题，也的确是荒诞思想所不能回避的（尽管荒诞思想给社会问题提出多种迥异的解决办法）。然而，必须有个限定。——作者原注

基里洛夫[1]

陀思妥耶夫斯基笔下的主人公，无不自行探问人生的意义。他们正是在这一点上成为现代人：他们不害怕出乖露丑。现代敏感性和传统敏感性的区别，就是前者浸淫于形而上问题，而后者浸淫于道德问题。在陀思妥耶夫斯基的小说中，这个问题提得极其尖锐，只能采取极端的解决办法。人的存在，要么是虚假的，要么是永恒的。假如陀思妥耶夫斯基仅限于这样审视问题，那他就是哲学家了。然而，他却表现了精神的这种游戏在人生中可能产生的后果，因此成为艺术家。这些后果，他抓住了最终的那个，即在《作家日记》中，他本人称之为的“逻辑自杀”。在1876年12月出版的那册中，他的确想象

1 阿列克赛·基里洛夫，陀思妥耶夫斯基《群魔》的人物之一。该小说取材于一桩命案：大学生伊万诺夫不赞同观念学家的非道德原则，涅采耶夫便怂恿众人，野蛮地杀害了他。基里洛夫早年曾是沙托夫（伊万诺夫在小说中的原型）的流亡难友，后为工程师，秘密革命团体成员。——原编者注

了“逻辑自杀”的推理。这个绝望者确信，对一个不相信永生的人来说，人生是一种十足的荒诞，从而得出以下结论：

> 我的关于幸福的问题，既然是通过我的意识得到了回答：除非我身处宇宙万物的大和谐中，否则就不可能幸福，这显而易见，我设想不了，永远也无法设想的……
>
> 既然在这种秩序中，最终我得身兼起诉人和担保人的角色，身兼被告和法官的角色，既然我觉得，大自然排演的这出喜剧十分愚蠢，既然我接受参演甚至认为大失颜面……
>
> 我就以无可争议的起诉人和担保人、法官和被告的身份，判处这个大自然，大自然竟如此厚颜无耻，毫无顾忌，让我生于世上受苦——我就判处大自然与我同归于尽。[1]

这种立场还不失为幽默。这位自杀者终于自杀，只因在形而上的层面，他“恼羞成怒”。在一定意义上，他进行报复。他就是以这种方式证明，别人“休想制伏他”。然而，我们知道，同一主题体现在基里洛夫，《群魔》中的这个人物身上，

1 参看《作家日记》（1876年12月）第359页。——原编者注

也是逻辑自杀支持者身上，其广阔性就达到令人赞叹的程度。工程师基里洛夫在某处明言，他要了结自己的生命，因为“这是他的理念”。我们完全明白，这个词要从本义来理解他是为了一种理念、一种思想准备轻生。这是高级自杀。随着一个场景一个场景展开，基里洛夫的面具也逐渐揭开了，激励他的那种致命的思想也向我们展现出来。实际上，这位工程师照搬了《日记》的推理。他感到上帝必不可少，就应该存在上帝。可是他知道，上帝并不存在，也不可能存在。“你怎么就不明白呢，”他高声说道，“要自杀，有这一条理由就足够啊！”这种态度在他身上，也同样引起一些荒诞的后果。他满不在乎，任由别人利用的自杀，为他鄙视的一种事业图利。“昨夜我就做出决定，这事儿对我无所谓了。”他终于准备行动了，那种心情混杂着反抗和自由。“我就要自杀，以便确认我的违抗、我这可怕的新自由。”不再是报复，而是反抗了。可见，基里洛夫是个荒诞人物——但对他自杀这一点，要有基本的保留。他本人也解释了这种矛盾，甚至同时透露了最纯粹的荒诞秘密。的确，他为致命的逻辑增添了一种异乎寻常的雄心，赋予人物满足全部心愿的远景：他想自杀以便化为神。

推理具有一种传统性的明晰。如果上帝不存在，基里洛夫就是神。如果上帝不存在，基里洛夫就应该自杀，因而基里洛夫必须自杀以便化为神。这种逻辑是荒诞的，然而，需要的就是这种逻辑。有趣的倒是给这尊降临大地的神明一种意义。这就等于澄清这一前提："如果上帝不存在，我就是神。"这前提还相当模糊。重要的是，首先应注意到，高调宣示这种痴心妄想的人，确确实实属于这个世界。他每天早晨练体操，以保持健康的体魄。他看到沙托夫与妻子重逢的喜悦，也是感动不已。在他死后发现的一张纸上，他是想画一张向"他们"吐舌头的鬼脸。他幼稚而又易怒，激情满怀，很有条理，也非常敏感。方方面面，他都是个普遍人，唯独在逻辑和固定理念上，他是个超人。正是这样一个人，平心静气，谈论着他的神性。他没有疯，那么就是陀思妥耶夫斯基疯了。看来，驱使他这样折腾的，并不是一种自大狂的妄想。而且这一次，咬文嚼字抠本义，就未免可笑了。

基里洛夫本人，就能帮我们更好理解了。他针对斯塔夫罗金提出的一个问题，明确说他讲的不是一个神人。他们可以认为这是有所思虑，要同基督区别开来。其实，他是要将基督归附自己。有一阵，基里洛夫确实想象，基督死的时候，"并没有回到天堂"。当时他已经了解，白白受酷刑，根本没有作用。工程师说道："自然法则，使得基督生活在谎言之中，并且为一种谎言而死去。"仅仅在这种意义上，耶稣体现了人类的全部悲剧。他是个完人，亦即具体实现了最荒诞的生活状况的那个人。他不是上帝人，而是人神。我们每人都可以像那样，被钉上十字架，上当受骗——在一定程度上也成为人神了。

由此可见，所谓的神性，不折不扣是人间的事。基里洛夫说道：“我花了三年时间，寻找我的神性的标志，还是找见了。我的神性的标志，就是独立性。”从此以后，我们就见识了基里洛夫式前提的意义：“如果上帝不存在，我就是神。”成为神，只要在这大地自由就行了，不再侍奉一个永生的存在物。自不待言，从这种痛苦的独立性中，尤其要得出所有后果。如果上帝存在，一切都听命于上帝，我们丝毫也不能违抗他的意志。如果上帝不存在，一切就由我们做主了。无论对基里洛夫还是对尼采来说，杀死上帝，自己就变为神了——这样，《福音书》所说的永恒生命，在人间就实现了。[1]

不过，假如这种形而上的罪孽就足以使人完善，那又何必徒增一项自杀呢？获得自由之后，为什么还要自杀，离开这个世界呢？这是矛盾的。基里洛夫也十分清楚，他就补充道：“你若是感到这一点，你就是个沙皇，绝不会自杀，享尽荣华富贵了。”然而，人认识不到，他们感觉不到“这一点”。正像在普罗米修斯那个时代，世人都满怀盲目的希望。[2]他们需要有人指路，他们离不开说教。出于对人类的爱，基里洛夫必须自杀。他责无旁贷，要给同胞兄弟指明一条艰难的康庄大道，而他将是头一个上路的人。这是一种富有教育意义的自

1 斯塔夫罗金：“在另一个世界的永恒生命，您相信吗？”基里洛夫：“不信，但我相信这个世界的永恒生命。”——作者原注

2 “人为了不自杀，只好发明了上帝。这就是迄今为止，人类通史的概要。”——作者原注

杀。基里洛夫就这样牺牲了自己。但是，如果说他被钉上十字架，那也不会是上当受骗。他始终是人神，确信死亡并无前途，心中沉积着福音的忧伤。他说道：“我呢，实在不幸，因为我被迫要证实我的自由。”他死了，然而世人终于警醒，这个世界将遍布沙皇，无不被人的荣光照亮。基里洛夫的手枪一响，便是终极革命的信号。可见，促使他决心一死的并不是绝望，而是同胞对他本人的爱。一场难以描摹的精神冒险在血泊中结束之前，基里洛夫讲了一句：“一切皆善。”这是和人类痛苦同样古老的一句话。

因此，在陀思妥耶夫斯基的作品中，这种自杀的主题就是一个荒诞的主题。进一步论述之前，我们只想说明，基里洛夫还会活跃在其他人物的行为中，而那些人物又引出新的荒诞主题。斯塔夫罗金和伊凡·卡拉马佐夫，在实际生活中应用了荒诞的真理，正是基里洛夫之死解放了他们。他们试图成为沙皇。斯塔夫罗金过着一种“嘲弄的”生活，是什么样的生活，大家应该相当了解。他惹起周围的人仇恨。然而，这个人物的关键语，则出现在他的诀别信中：“无论什么，我也憎恶不起来。”他是沉浸在冷漠中的沙皇。伊凡不肯放弃精神的王权，同样成为沙皇。他兄弟这一类人用他们的生活证明，要信仰就必须自惭形秽，他就可以回敬他们，那种生活状况实在可鄙。他的关键语则是“随心所欲”，还带着合乎分寸的忧伤色彩。当然，他最终疯癫了，也像谋杀上帝的最著名的凶手尼采那样。不过，这还是值得一冒的风险，而面对这样悲惨的结局，荒诞精神的基本反应就是问一句：“这能证明什么呢？”

就这样，小说也同《日记》一样，提出了荒诞问题，小说确立了直至死亡的逻辑，也确立了激昂的情绪，“可怕的”自由[1]、变为人性的沙皇的荣光。一切皆善，随心所欲，世间万物皆不可憎恶：这些就是荒诞的判断。这些冰火双重人物，与我们如此亲近，该是多么神奇的创造啊！在他们心中轰鸣的那个冷漠的充满激情的世界，我们丝毫也不觉得骇人听闻。我们从中还能发现我们日常的焦虑。恐怕再也没有人像陀思妥耶夫斯基这样，善于将如此贴近我们又如此折磨人的魔力，赋予荒诞世界。

可是，他得出了什么结论呢？可以引用两段话，表明形而上的完全颠倒，引导作家揭示别的情况了。由于逻辑自杀的推理引起了批评家的一些异议，陀思妥耶夫斯基在随后推出的《日记》中，阐明了他的立场，得出这样的结论：“如果对人来说，相信永生至关重要（没有这种信念就可能自杀），这是因为这种信念成为人类的常态。既然如此，那么毫无疑问，就必定存在人的灵魂的永生。”[2]另一段话，是在他的最后一

1 伊凡·卡拉马佐夫抛掉基督，只因基督想要教给人一种他们承担不起的自由。——作者原注

2 引自陀思妥耶夫斯基《作家日记》，括号中的文字为加缪所加。——原编者注

部小说的最后几页，正当同上帝的这场大战结束之际，孩子们问阿辽沙[1]：“卡拉马佐夫，宗教说的是真的吗，我们死后还能复活，还能见面吗？”阿辽沙回答道：“当然了，我们还能见面，我们欢快地相互讲述所发生的一切。”

就这样，基里洛夫、斯塔夫罗金和伊凡，全都战败了。《卡拉马佐夫兄弟》回答了《群魔》，终归得有个结论。阿辽沙的态度不像梅里金公爵[2]那样模棱两可。公爵是个病人，永远生活在当下，脸上总泛着笑意，一副漠不关心的样子，这种幸福安逸的状态，就是公爵所说的永生。阿辽沙则不然，说得更透彻：“我们还能见面。”再也不存在自杀和疯癫的问题了。既然确信永生和自己的快乐，还何必自杀呢？人用神性换取了幸福。“我们相互欢快地讲述所发生的一切。”就这样，基里洛夫的手枪，还在俄罗斯什么地方打响，然而世界还继续推动着它那些盲目的希望。世人并没有明白“这一点”。

可见，对我们讲话的并不是一位荒诞派小说家，而是一位存在派小说家。这里的跳跃，还是颇为感人的，赋予了启迪他的艺术应有的崇高性。这是一种动人的认同，杂糅着不确定而热烈的怀疑。陀思妥耶夫斯基谈到《卡拉马佐夫兄弟》时，这样写道：“贯穿这本书各个部分的主要问题，正是我终生有意识或无意识深感痛苦的问题，即是否存在上帝。”真难以相

1 《卡拉马佐夫兄弟》的主人公之一，另一个便是伊凡。

2 陀思妥耶夫斯基小说《白痴》中的主人公。

信，一部小说就足以将一生的痛苦转化为实实在在的快乐。一位评论者[1]准确地指出：陀思妥耶夫斯基与伊凡联手——《卡拉马佐夫兄弟》已确定的章节要他奋笔疾书三个月，而他所称的“渎神的部分”，在亢奋中用了三周就写成了。他笔下的人物，肉体中无不扎着这根刺，无不激化刺痛，也无不想从中在感受上或非道德上找到药方。[2]不管怎样，还是让我们驻足这种怀疑上。正是在这样一部作品中，半明半暗的氛围比强烈的光照更加荡人心腑，我们能够抓住人对抗自己希望的斗争。创作者走到终点，转而反对自己的人物了。这种矛盾倒允许我们引入一点点差异。不是指一部荒诞作品，而是一部提出荒诞问题的作品。

陀思妥耶夫斯基的回答是屈辱的，拿斯塔夫罗金的话来说，就是“羞耻”。一部荒诞作品正相反，并不提供答案，整个差异就在这里。最后还应强调一点：在这部作品中，驳斥荒诞的并非它的基督教特色，而是它对未来生活的宣告。人可以同时为基督徒和荒诞人。身为基督徒而不相信未来生活，有这种事例。至于艺术作品，可以明确指出荒诞分析的一种导向，而这种导向，我们从上文就已经预感到了。导向提出“福音书

1 指鲍里斯·德·旋莱泽（1881—1969），法国文学翻译家，《群魔》（1952）的法文版译者。——原编者注

2 纪德对此表明的看法既新奇又深刻：陀思妥耶夫斯基笔下的人物，几乎都是多配偶的。（安德烈·纪德：《论陀思妥耶夫斯基》，伽利玛文集丛书《文论卷》，1925年）——原编者注

的荒诞性”。这种导向也澄清了频频反弹的这种理念，即信念并不妨碍怀疑。我反而却清楚地看到，《群魔》的作者虽然是轻车熟路了，最终却走上一条截然不同的路。创造者给他的人物惊人的回答，陀思妥耶夫斯基给基里洛夫的回答，其实可以概括为这样一句话：人生是虚幻的，也是永恒的。

没有前途的创作

至此我便领悟到，不可能永远回避希望，甚至那些意欲摆脱希望的人，也可能受到困扰。这就是在此前谈论的作品中，我所发现的意义。至少我可以在创作方面，列举几部真正的荒诞作品。[1]但是，凡事总得有个开头。这次研究的客体，就是某种忠诚。教会对异端分子那么凶狠，就因为在教会眼里，最危险的敌人莫过于迷途的孩子。但是历史表明，诺斯替教派[2]的大无畏精神以及摩尼教派[3]的源远流长，对正统教条的创立所做的贡献，胜过了所有祈祷。比较而言，荒诞也同样如此。大家承认荒诞之路，却又发现各种各样偏离的途径。荒诞推理

1 例如麦尔维尔的《白鲸》。——作者原注

2 诺斯替教派始为一种宗教哲学学说，后转化为神秘主义教派，公元1—3世纪，流行于地中海东部沿岸各地。

3 波斯人摩尼（216—274或277）创建的教派，他本想创建一种永福的世界性宗教，后被波斯王处死。

即使到了终点，遵循这种逻辑的一种态度中，还能看到以催人泪下的形象引入的希望，这就不可小视了。这表明荒诞的苦行有多么艰难，尤其表明不断保持觉醒又有多么必要，同时也吻合本论著的大框架。

如果说这还谈不上清点荒诞作品的话，那么就创作态度，一种能补足荒诞存在的态度，也可以得出结论。唯独一种否定思想，才能如此给力地为艺术所用。艺术的隐晦与谦卑的手段，对理解一部伟大作品十分必要，正如黑之于白那样必不可少。劳作和创造，“什么也不图”，用泥土塑造，明知自己的作品没有前景，甚至可能毁于一旦，同时也清醒地意识到，归根结底，创造传世之作也不见得更为重要，这是荒诞思想所认可的难得的智慧。这两种任务齐头并进，一方面否定，另一方面又激励，这便是为荒诞作品创造者敞开的道路。他必须给虚无涂上色彩。

这就是导向艺术作品的一种特殊构思。创造者的作品被视为一系列孤立的见证，这种情况太常见了。这是将艺术家和文人混为一谈。一种深邃的思想，总是不断地生成，结合一种人生经验，在人生中逐渐加工制作出来。同样，独创一个人，就要在一部部作品相继呈现的众多面孔中，越来越牢固而鲜明。一些作品可以补充另一些作品，可以修改或校正，也可以反驳另一些作品。如果有什么东西终结了创造，那可不是盲目的艺术家发出的虚幻的胜利呼声：“我全说到了。”而是创造者之死，合上了他的经验和他的天才书卷。

这种努力，这种超人的意识，不见得非出现在读者眼前。人的创造并无神秘可言。意志产生了这种奇迹。但是至少，真正的创造则无不包含秘密。一系列的作品，恐怕就是同一思想一系列相近的表现。不过，也可以设想另一类的创造者，他们采用的是并列法。他们的作品相互之间似乎没有什么关联，而且在一定程度上还是矛盾的。然而，这些作品重又归拢到一起，也就恢复了原来的秩序。作品的最终意义，还是从死亡获取的，作品也接受了各自作者生命之光的最亮眼的部分。在这种时候，他的系列作品不过是挫败的集锦。然而，这些挫败如果说都保留了同样的共鸣，那么创造者却善于重复自身生存状况的形象，让自己所掌握的无果的秘密反响回荡。

在这里，掌握发力非同小可，但人的智力还是绰绰有余。智力只表明创造的意愿的一面。我曾在别处指出，人的意志旨在保持意识，并无别种目的。不过，没有法则还是行不通的。在所有隐忍派和清醒派的修炼中，创造应该最见效力。创造也是人的尊严唯一激动人心的见证：顽强反抗自己的生存现状，在成果无望的抗争中坚持不懈。每日每时都需奋力，控制住自己，准确地估量真实的界限，还需讲究分寸、掌握力道。创造是一种苦行的过程。这一切“什么也不图”，只为重复和原地踏步。不过，伟大的艺术作品，本身也许并不那么重要，更应重视它要求人经受的考验以及它给人提供的机会：战胜心生的幽灵，更接近一点儿自身赤裸裸的现实。

不要误解了美学。我这里提起的，并不是耐心的陈述，不断而无效地阐明一个主题。如果我表达得清楚的话，情况正相反。命题小说，旨在证明的作品，最为可憎的作品，则往往是受一种“踌躇满志”的思想的启发。自以为掌握了真理，就忍不住炫耀。然而，在作品中推行的是观念，而观念却是思想的反面。这些创作者是些羞惭的哲学家。而我所说的，或者我所想象的那些创造者却是一些清醒的思想家。正是在思想反省的某一点上，他们树立起了自己作品的形象，视为一种局限的、短命的反抗思想的象征。

这些作品或许证明了什么事。不过这些证据，作者多留于自己，只是少量提供给别人。关键是他们在具象中获胜了，这就是他们的伟大之处。这种有血有肉的胜利，正是抽象的权力蒙羞的一种思想为他们准备的。等到抽象的权力羞愧难当的时候，肉体立即发挥能量，促使创造的作品大放荒诞的光芒。这便是反讽的哲学家创作出激情四射的作品。

凡是放弃一统的思想，势必激发多样性，而多样性就是艺术的地盘。唯一能解放精神的思想，就是放任精神不管，任由精神确信自己的界限和临近的结局。精神不受任何学说的撩拨，只等待作品和生命成熟起来。作品一旦离开了精神，就会头一个再次让人听见一颗心尚未低沉的声音，永远摆脱希望的心声。抑或，不会让人听见任何声音，假如创造者厌倦了这场游戏，力图转身了。这还是一码事儿。

总之，我对荒诞创造的要求，也正是我对思想的责求，即反抗、自由和多样性。接下来，荒诞创造就要显示其深刻的无用性。荒诞人每天都这样努力，智力和激情相交混、相迷恋，从而发现一条将造就他主要力量的法则。必须身体力行，执着与明察也配合征服者的姿态。创造，就是这样给了他的命运一种形貌。对所有这些人物来说，作品把他们确定下来，至少相当于他们确定了作品。演员已经教我们明白，在表象和存在之间并没有界限。

再重复一遍，这一切没有实际意义。在这条自由的路上，还要往前走一段。无论创造者还是征服者，这些有亲缘关系的精神，还要最后努力一把，也要善于从自己的事业中解放出来：最终承认作品本身，不管是征服、爱情还是创造，可以视若不存在，从而圆成个人的一生深刻的无用性。这样甚至给了他们方便完成作品，正像瞥见了生活的荒诞性那样，他们就可以放开手脚，毫无节制地投入生活了。

余下的便是命运了，唯一的出路已经注定。除了死亡，这唯一注定的命运，快乐或者幸福，一切都自由了。世界照样存在，人还是唯一的主人。维系着人的，是对另一个世界的幻想。人的思想的命运，不再是自暴自弃，而是化为形象，重新活跃起来。思想活灵活现——当然是表演神话——神话的深度不外乎人类痛苦的深度，也像人类的痛苦一样无穷无尽。取悦于人并蒙蔽人的，倒不是神化寓言，而是人世的面貌、行为和悲剧，其中浓缩了一种难得的智慧和一种无前途的激情。

西西弗神话

诸神判罚西西弗将一块巨石不断地推上山顶，巨石又因自身重量再滚落下去。诸神当初不无道理地认为，最可怕的惩罚，莫过于无用而又无望的劳作。

如果相信荷马的说法，西西弗就是最聪明、最谨慎的凡人。不过，按照另一种传说，他倾向于强盗的行当。我看这两者并不矛盾。他之所以成为地狱无效的劳作者，其动因看法不一。起初，有人指责他对诸神有点轻慢，泄露了神的秘密。河神阿索波斯的女儿埃癸娜[1]被宙斯劫走。女儿失踪，父亲很是诧异，便对西西弗发牢骚。西西弗了解这个劫持事件，准备告诉他，但提出条件：他要给科林斯城堡供水。西西弗不惧上天的霹雳，情愿要水的恩泽。因此，他被打入地狱，荷马还向我

1 埃癸娜，希腊神话人物，河神女儿，被主神宙斯掠走。她父亲要夺回她，却被宙斯用雷击伤。后来埃癸娜与宙斯生了埃阿科斯——阿喀琉斯的祖父。

们讲述，西西弗曾经锁住过死神。普路同[1]眼见自己的王国荒凉沉寂了，哪里忍受得了，便力促战神去把死神从胜利者的手中夺回来。

还有一种说法，西西弗人之将死，还要考验一下妻子的爱情。他命令妻子在他死后不要埋葬，而是暴尸于广场中央。西西弗下到地狱，心中十分恼火，觉得如此顺从他的遗嘱已经违背人的爱情了，于是求得普路同的允许，返回人间去惩罚他的妻子。然而，西西弗一旦重睹人世的面貌，感受到水和阳光、灼热的石头和大海，他就不愿意再回到昏暗的地狱了。冥王再怎么召回、愤怒和警告，丝毫也不起作用了。西西弗面对弧形的海湾、明亮的大海和欢乐的大地，流连忘返，又生活了许多年。诸神必须做出决定。于是，墨丘利[2]亲自出马，揪住这个胆大妄为者的脖领，把他从欢乐中拉走，强行带回地狱：地狱早已为他准备好了大石头。

大家已经明白，西西弗就是荒诞的英雄。这样讲，既由于他的激情，也由于他的磨难。他鄙视诸神，仇恨死亡，热爱生活，这就使他遭受了不可名状的酷刑：毕其终生也一无所成。这就是热爱这片大地必须付出的代价。关于西西弗在地狱的情景，没人告诉我们什么。神话编出来，要借想象力栩栩鲜活起来。至于这则神话，我们仅仅看到一副绷紧的躯体，全力

1 普路同，罗马神话中的冥王，即希腊神话中的哈迪斯。

2 墨丘利，罗马神话中的众神的使者、亡灵的接引神，即希腊神话中的赫耳墨斯。

推着巨石滚动上山，无数次重复同样的动作；仅仅看到那张抽搐的脸，脸颊紧紧抵着石头，一个肩头扛住沾满泥土的庞然大物，一只脚撑住，双臂再往上掀动，满把泥土的双手充分显示人的稳健。这种长久的奋力，只能用无顶的空间和无底的时间来衡量，终于到达目的地。然而，西西弗却眼睁睁看着，巨石转瞬间又滚落到山下，必须重新推上山顶。于是，他又下山走向平原。

我所感兴趣的，正是在这样回返、这种间歇中的西西弗。一张受苦受难的脸，那么贴近石头，已然化作石头了！我看见这个人迈着均匀的沉重步伐，重又下山，走向他也不知尽头的磨难。这一时刻仿佛一阵喘息，同他的不幸一样，肯定会去而复来，这便是意识活跃的时刻。每逢这种时刻，他离开山顶，渐渐深入神仙的洞府，那形象就高出他的命运，比他的那块巨石更坚忍而强大。

这则神话可谓悲壮，正因为主人公具有清醒的意识。如果每走一步，都有成功的希望来支撑，那么他的痛苦又焉在？如今的工人，一生中天天劳作，干同样的活儿，这种命运也不失为荒诞。然而，只有在工人变得有意识的少许时刻，命运才是悲惨的。西西弗，诸神中的无产者，既无能为力又起而反抗，他全面了解他那悲惨的生存境况；他每次下山时，思考的正是生存境况。可以说，洞察力既造成他的痛苦，同时也完成了他的胜利。以鄙视的态度就没有战胜不了的命运。

这样一趟趟下山，如果说有些日子行走在痛苦里，也有可能走在欢乐中。“欢乐”一词并不多余。我还想象西西弗回到巨石前，痛苦从头开始。当大地的景象过分强烈地占据记忆，当幸福的呼唤冲击太大的时候，人心就难免油然而生忧伤的情绪，这就是巨石的胜利，人就成为巨石的化身。巨大的创伤，实在不堪重负。这就是我们的客西马尼之夜[1]。然而，不可抗拒的真理一旦被认识就消泯了。俄狄浦斯就是如此，起初顺应命运而不自知，从他知晓的那一刻起，他的悲剧便开场了。可是，就在同一时刻，他弄瞎双眼，陷入绝望，承认他同这个世界的唯一联系，就是一个小姑娘细皮嫩肉的手了。于是，铿锵有力地讲出一句博大精深的话：“尽管罹难重重，我这高龄和我这高尚的心灵，却能让我断定一切皆善。”索福克勒斯的俄狄浦斯，也像陀思妥耶夫斯基的基里洛夫一样，提供了荒诞胜利的一种样式。古代的智慧和现代的英雄主义不期而遇了。

没有写一本幸福教科书的意愿，就发现不了荒诞。“咦！怎么，路径都这么逼仄？……”然而，世界只有一个。幸福和荒诞是同一片大地的孪生子，两者是分不开的。若说幸福势必诞生于荒诞的发现，这恐怕是谬见。荒诞感也完全可能诞生于

1 客西马尼，耶路撒冷附近的一座园子名称，坐落在橄榄山山脚下。耶稣因被犹大出卖而被捕的前一夜，在园中为门徒们祷告。

幸福。“我断定一切皆善。”俄狄浦斯如是说，而这句话是神圣的，响彻凶险而有限的人生天地。这句话教育我们，一切尚未耗尽，也未曾耗尽。此话一出，就逐走一尊怀着不满和对无畏痛苦的喜好而进入人世的神。此话将命运变成一件人事，应当在人际解决。

西西弗无声的喜悦，就全部体现在这里。他的命运属于自己。他的那块巨石是他的事。同样，荒诞人一旦凝注自己的痛苦，就封住了所有偶像的口。在突然恢复寂静的天宇中，土地便升起万千细微的惊叹声音。无意识而隐秘的呼唤、各种各样面孔的邀请，都是必不可少的反面和胜利的代价。有太阳必有阴影，一定得了解黑夜。荒诞人说声“是”，就会持续不断地做出努力。如果说有一种个人命运的话，但是绝没有至高无上的命运，要不然，也只有那么一种，他认为是注定而可鄙视的命运。除此之外，他清楚自己的岁月由自己做主。在这种微妙的时刻，返回自己的生活，西西弗回到他的巨石前，凝视这一系列行为：这些没有关联的行为变成他的命运，而这命运又是他创造的，在他记忆的目光下协调一致，很快再由他的死盖棺论定。就这样，确信一切的根源只在于人，虽然失明，却渴望看见并知道黑夜无尽头，他不停地走。巨石仍在滚动。

我就把西西弗丢在山脚下。他那重负，我们总能再见到。不过，西西弗教给人升华的忠诚，既否定诸神又推石上山。他也一样，断定一切皆善。这片天地，从此没有了主子，在他看来既没有更贫瘠，也不是更无价值。这块石头的每一颗粒、这座夜色弥漫的高山上每道矿石的闪光，都单独为他形成一个世界。推石上山这场搏斗本身，就足以充实一颗人心。应该想象一下幸福的西西弗。[1]

（全文完）

1 本句原文为“Il faut imaginer Sisyphe heureux.”多数版本将这句话翻译为“应当设想西西弗是幸福的”。本书译者李玉民教授对此有不同的见解：西西弗遭受苦难，想象他的幸福并不能抹去他痛苦的事实。憬悟者的幸福，并非常人所说的幸福。在尊重李玉民教授翻译的前提下，也请读者自行评判、体味这句话的本意。——编者注

附　录

弗兰兹·卡夫卡作品中的希望与荒诞[1]

卡夫卡的全部艺术，就是迫使读者重复阅读。作品的结局，抑或缺少结局，总是言犹未尽，有待解释，但是表露得不甚明晰要求从新的角度再读一遍故事，好让人抓住实在的东西。时而有两种解读的可能性，因此有必要两次阅读。这正是作者的索求。不过，看卡夫卡的作品，什么细节都想解释清楚，那未免就错了。一种象征总是带有普遍性，不管诠释得多么确切，艺术家也只能再现其动态：不可能逐字逐句地相对应。总之，最难理解的莫过于象征性作品。一种象征总要超越应用者，让他实际说出来的东西，大大超过他要表达的意思。在象征方面，要想掌握，最可靠的办法就是不

1 《西西弗神话》初版时正值第二次世界大战，因为卡夫卡犹太裔作家的特殊身份，最早版本的《西西弗神话》中并未收录这篇文章。直到1943年，本篇才由《弩》杂志发表。——编者注

去撩拨，也不带着定见进入作品，更不去探究那些暗流。尤其是对卡夫卡，必须老老实实顺随他的笔势，从表层切入情节，从形式研读小说。

若是一个无所用心的读者，粗略一看，尽是些令人不安的奇奇怪怪的事，裹挟着战战兢兢的人物，他们固执地追寻他们永远也说不清的问题。在《审判》中，约瑟夫·K成为被告。但是指控什么，他不甚了了。他当然要为自己辩护，可又不知道所为何事，律师们认为他的案子很棘手。在此期间，他什么也没有耽误，仍旧谈情说爱，吃好喝好，照常看报。后来，开庭审判，法庭昏暗，他也是莫名其妙，只是想必自己被判了，至于判了什么罪，他也没有细想。有时他还怀疑有没有这事儿，生活还在继续。过了很久，有两位穿着讲究的先生来找他，他们彬彬有礼，把他带到荒郊野外，将他的头按在石头上，扼喉气绝。犯人死前只讲了一句话："就像条狗。"

由此可见，一篇叙事体小说，最明显的长处恰恰是自然，就很难谈论象征了。的确，以种类而分，自然是难以理解的有些作品，读者觉得情节很自然。不过，还有些作品（不错，更为少见），人物觉得自己的遭遇是自然而然的。有一种反常现象很明显，人物的遭遇越离奇，叙事则显得越自然；同样，在一个人奇特的生涯与他接受这种生活的单纯态度之间，我们所感到的差距正好和这种反常现象成正比关系。这种自然似乎就是卡夫卡的自然。我们恰恰清楚地感到《审判》要说什么。有人谈到这是人生状况的一种形象，未尝不可。然而，说起来既简单得多，也复杂得多。我是说这部小说的意义更独特，更具卡夫卡的个性。在一定程度上，如果说他是在听我们忏悔，而说话的却是他。他活在世上，但是他被判决了。他从小说开头几页就知道了，而他在这世上继续写这部小说，即使力图有所补救，也不会发生什么出乎意料的情况。生活这样缺少惊奇，他倒总是惊诧不已。我们正是从这类矛盾中，看出荒诞作品的最初征象。聪慧者将自己的精神悲剧投射到具体事物中，也只能借助于一种惯用的反常手段，赋予色彩以描绘虚无的表现力，赋予日常行为以演示永恒悲剧的力量。

同样，《城堡》也许是一部行动的神学书，但首先是个人的奇妙经历：一个灵魂寻求上帝的宽恕，一名男子要求世间物体交出重大的秘密，要求女子透露睡在她们体内的神。而《变形记》则无可置疑，展现了一种超感观知觉伦理的一系列可怖图景，也是一个人毫不费力就变为甲虫所感到无比惊奇的产物。卡夫卡的秘密，就寓于这种根本性的模棱两可之中。在自然和异常、个体和万物、悲剧性和日常生活、荒诞和逻辑之间，这种恒久的摇摆，贯穿了卡夫卡的全部作品，使得作品既共鸣反响，又富有意义。要想理解荒诞作品，就应该历数这些反常现象，就应该强调这些矛盾。

一种象征，其实意味着两个方面，即观念和感觉的两个世界，也是这两个世界沟通的一部词典。最难编写的还是这部词典的词汇表。不过，认清明摆在眼前的这两个世界，就是踏上两个世界秘密关系之路。在卡夫卡的作品中，这两个世界，一方面是日常生活，另一方面则是超自然的惴惴不安。[1]我们这里所看到的，似乎是无休止地发掘尼采的这句话：“重大问题都在街巷里。”

在人类的生存状况中，既有根本性的荒诞，又有势不可当的伟大，这是一切文学共生的领地。荒诞与伟大相逢，自然天成。再重复一遍，这两者映现在可笑的离异中，即拆台分开的我们灵魂的放纵和我们肉体短暂的欢乐。荒诞，正是因为这肉体的灵魂极大地超越了载体。意欲表现这种荒诞性的人，就必须玩一场这种对立平行面的游戏，赋予荒诞性以鲜活的生活。这正是卡夫卡的手法：以日常生活表现悲剧，以逻辑表现荒诞性。

一名演员扮演悲剧人物，越是避免夸张，就越能把角色演活。如果表演有节制，那么演员引起的恐怖就会失控。在这方面，希腊悲剧极富教益。在一部悲剧作品里，命运以逻辑和自然的面目出现，给人的感受总是更为深刻。俄狄浦斯的命运事先就预告了。他要犯下弑父和乱伦的罪过，这是超自然的命定。剧情的全部发展就是要表现逻辑系统，一步一步推演，最

1 应当指出，从社会批评的角度，同样也可以合情合理地诠释卡夫卡的作品（例如《审判》）。况且，很可能没有选择的余地。两种解释都可取。我们已经见过拿荒诞术语来说，“反抗世人”也是“反抗上帝”，伟大的革命总是形而上的。——作者原注

终圆成主人公的不幸。仅仅向我们宣告，这种几乎不存在的命运并不可怕，只因这不像确有其事。然而，这种命运的必然性，如果是在日常生活，是在社会、国家、家庭情感的范围内给我们展示出来，那么引起的恐惧就会登峰造极。人受到震撼，会说“这不可能”，语气中已经道出绝望的肯定：“这”有可能。

这是希腊悲剧的全部秘密，至少是其秘密的一个方面。因为还有另一方面，即采用一种相反的方法，能使我们进一步理解卡夫卡。人心有一种不良倾向，仅仅把摧残人心的称为命运。其实，幸福也是啊，以幸运的方式，无缘无故；既然来了躲也躲不开。可是，现代人不再无视好运来了时，却贪天之功，归于自己的才德。正相反，希腊悲剧中那些天赐的福运，传说中的那些上天的宠儿，就像尤利西斯，无论遭遇多么凶险的境况，总能幸免于难，安然无恙，这些都值得大谈特谈。

不管怎样，总该记住这一点：正是这种隐秘的复杂关系，在悲剧中将逻辑和日常生活结合起来。这就是为什么，《变形记》的主人公萨姆沙是一名旅行推销员。这就是为什么，他在怪异的遭遇中变为甲虫，唯一的苦恼就是他缺勤会惹得老板不满。长出了爪子和触须，脊背躬起来，肚子上出现点点白斑——我不能说他对此毫不奇怪，那就没有效果了——不过，这只是引起他“略微不安”。卡夫卡的全部艺术，就体现在这种细微的差异上。在他的主要作品《城堡》中，日常生活的细节重又占了上风；然而在这部怪异的小说中，什么都没有结果，一切都周而复始，具象地表现一个灵魂寻求至宠的主要奇遇。将这种问题化为行动，一般与个别的巧合重叠；我们也应当看出，这正是任何伟大的创造者常用的小手法。在《审判》中，主人公也可以叫施密特，或者弗兰兹·卡夫卡。但是他叫约瑟夫·K，不是卡夫卡，然而就是他。是一个普通的欧洲人，芸芸众生的一分子。不过，这也是实体K，在解这个血肉方程式的X。

同样，如果卡夫卡想要表现荒诞，那么他会运用连贯性。大家都知道，那个疯子在澡盆里钓鱼的故事。一位对精神病治疗有方的医生问他："咬钩了吗？"只见他毫不客气地回答："没有，笨蛋，这是在澡盆里呀。"这则故事颇为怪异，但是从中能明显地领悟出，荒诞的效果同过分的逻辑结合得多么紧密。卡夫卡的世界，其实就是一洞不可言状的天地，人决心自虐，在澡盆里钓鱼，明明知道什么也钓不上来。

由此我看出，原则上这是一部荒诞作品。以《审判》为例，可以说是不折不扣的成功。肉体获胜。毫无缺憾，既有尽在不言中的反抗（也正是反抗在书写），又有沉默而清醒的绝望（也正是绝望在创造），更有小说人物直到难免一死都展现的那种惊人的行动自由。

然而，这个世界并不像看上去那么封闭。在这个没有进步

的天宇下，卡夫卡要以特殊形式引入希望。在这一点上《审判》和《城堡》所走的路子不是同一方向，两者相辅相成。从这一部到另一部作品，隐隐可见难以觉察的进展，表明在遁世方面取得了不可估摸的成效。《审判》提出的一个问题，在一定程度上，由《城堡》解决了。前者文中描述，遵循的方法近乎科学，却没有结论，而后者在一定程度上做出了解释。《审判》诊断病情，《城堡》设想疗法。不过，这里开出的药方治不了病，仅仅将病症打发回正常生活中，并且帮助人接受这种病痛。在某种意义上（想一想克尔凯郭尔），还让人珍视病症。土地测量员K除了忧心忡忡的焦虑，真想象不出还有别的什么焦虑的事。就是他周围的那些人，也沉迷于这种虚无和这种无名的痛苦，就好像在这里，痛苦换上了一副受人宠爱的面孔。"我需要你，"弗丽达对K说道，"自从认识你，只要你不在我身边，我就觉得没着没落。"这种精妙的药方，倒促使我们爱上摧垮我们的东西，在一个没有出路的世界中催生希望，这纵身一"跳"，一切便改观了，这就是存在革命和《城堡》本身的秘密。

很少有作品像《城堡》这样，推理的手法如此严密。K被任命为城堡的土地测量员。他赴任到了村庄，可是从村庄到城堡，却没有通行之路。在数百页的描述中，K坚韧不拔，寻找通道，采取各种手段，还要花招，搞歪门邪道，从来也不气馁，表现出一种令人困惑不解的信念，就是要承担起委任给他的职务。每一章都是一场失败，同时也是新的开端。这并不合逻辑，却是一以贯之的恒心。这种死心塌地的大气魄，成就了作品的悲剧性。K给城堡打电话，话筒里收到的尽是嘈杂而含混的声音、模糊的嬉笑、遥远的呼唤。这足以支撑他的希望，犹如夏季的天空出现的那种气象，或者暮晚那种可待的期望，能给我们生活的理由。我们能在作品中发现卡夫卡的秘密：那种特有的忧伤。的的确确，同样的忧伤，我们在普鲁斯特的作品中，或者在普罗提诺描绘的风景——怀恋失去的天堂中，都能感受得到。奥尔嘉说道：“今天早晨巴纳贝对我说，他要去城堡，我立时忧闷，怅然若失。他跑这趟有可能徒劳，这一天有可能虚度，这种希望有可能落空。”“有可能”，卡夫卡还是在这种差异上，下注押了他的全部作品。可是，不会有任何效果，在作品中追求永恒的行为细微琐碎。卡夫卡小说的人物，这些有灵性的木偶给我们展示的形象，也正是我们被剥夺了消遣[1]完全屈从于神明时的模样儿。

在《城堡》中，这种对日常生活的屈从，转变为一种伦理。K的巨大希望，就是争取城堡接纳他。他独自一人却办不到，付出的全部努力也就获得这种恩典，成为村庄的居民，抛掉人人都让他感到是外乡人的身份。他渴求的是有个职业，有个家，过上健康男人的正常生活。他再也受不了自己这样

1 在《城堡》中，帕斯卡尔意义上的“消遣”，仿佛是通过“卫士们”表现出来的“转移”了K的忧烦。最终弗丽达之所以成为一名卫士的情妇，那是因为她偏爱装饰胜过真实，偏爱日常生活而不愿分担忧虑。——作者原注

疯疯癫癫了，想要变得通情达理。让他在村中成为外乡人的特异魔咒，他很想摆脱掉。弗丽达的这段插曲，在这方面意味深长。这个女人认识城堡的一位官员。如果说K跟她建立情爱关系，他也是考虑她那段过去，能从她身上汲取某种超越他的东西——同时他也意识到那种使她永远不配进城堡的东西。我们就此可以联想到克尔凯郭尔对雷吉娜·奥尔森的特殊的爱。在一些人身上，吞噬他的心的永恒之火相当猛烈，他们就顺便，也将身边人的心投进火中烧毁。把不属于上帝的东西给了上帝，这种灾难性的谬误也正是《城堡》这一插曲的主题。不过，在卡夫卡看来，这似乎算不上谬误，而是一种意义、一次“跳跃”，没有什么是不属于上帝的。

更意味深长的是，土地测量员背离弗丽达，又去追求巴纳贝姐妹，只因在这村中，唯独巴纳贝一家完全被城堡和村庄抛弃了。姐姐阿玛丽雅拒绝了城堡一个官员的无耻求欢。随之而来的不道德的诅咒，把她永远逐出上帝的宠爱。不能为上帝丧失贞节，就不配获取上帝的恩宠。我们认出这是存在哲学一个惯常的命题：真理与道德背道而驰。在这部小说里，事情还要过分。因为，卡夫卡的主人公走完的那条路，即从弗丽达走到巴纳贝姐妹，也正是从两情相悦通向荒诞的神化之路。在这条路上，卡夫卡的思想又同克尔凯郭尔相会了。“巴纳贝的故事”安排在书的结尾，一点儿也不奇怪。土地测量员最后还要试一把，就是通过否定上帝的东西重新找到上帝，不是根据我们的善与美的类别来认知，而是由他的冷漠、不公和仇恨的空虚而丑恶的面孔来显示。这个要求城堡接纳的外乡人，在他旅程的终了，流放得还要更远一点儿，因为这回，他不再信守初衷，放弃了道德、逻辑和精神的真理，仅仅怀着丧失理性的希望，试图进入圣宠的荒漠。[1]

希望的字眼儿，在这里并不可笑。相反，卡夫卡讲述的境况越凄惨，这种希望就更加拘执，更具挑战性。《审判》的荒诞越是真实可信，《城堡》的这种激情“跳跃”，就越显得动人而又不近情理。而且我们在这里重又发现纯粹状态的存在哲学思想的悖论，如克尔凯郭尔所表达的这样：“应该击毙人间的希望，这样才可能通过真正的希望[2]获得拯救。”可以诠释为：“为了着手写《城堡》，必须先写出《审判》来。”

谈论卡夫卡的人，实际上大多把他的作品界定为绝望的呼号，却没有给人留下一丁点儿的救护。这种看法有待审核。希望与希望自不相同。亨利·波尔多[3]先生的乐观作品，在我看来令人沮丧。只因在他的作品中，根本容不得稍微有点挑剔的心。马尔罗的思想则相反，总是让人振奋。其实这两种情况，希望不一样绝望也不一样。我仅仅看到，荒诞作品本可以导致我要避免的

1 此话显然仅仅适用于卡夫卡给我们留下的《城堡》未完成稿，否则真值得怀疑，作家怎么会在最后几章，打破小说讲述语气的统一？——原编者注

2 即“心灵的纯洁”。——作者原注

3 亨利·波尔多（1870—1963），法国倾向保守的作家。

那种不忠失信。作品，只是无意义地重复一种枯索的生存条件。大力鼓吹转瞬即逝的东西，那就成为幻想的摇篮了。作品就该解释，赋予希望一种形式。创造者再也离不开作品了。作品并不是它本该成为的悲情游戏，作品也要给作者的生命一种意义。

不管怎么说，令人称奇的是，像卡夫卡、克尔凯郭尔和舍斯托夫的作品，都产生于相近的创作灵感。简言之，存在派小说家和哲学家的作品，都全部转向荒诞及其后果，最终都同样发出这种希望的惊天动地的呼喊。

他们拥抱吞噬他们的上帝。希望是乘屈辱之虚而入。因为，这种生存的荒诞用超自然的现实，稍微多给他们一些安慰。如果这样的生活之路最终通向上帝，那么就有一个出路了。克尔凯郭尔、舍斯托夫以及卡夫卡的那些人物，都多么坚韧不拔，多么固执地重复走他们的路线，他们这种表现就是一种特殊的保证，确保这种信念激奋人心的力量。[1]

卡夫卡否认他的上帝道德高尚，明确无误，善良和始终如一，不过，这只是为了更好地投入上帝的怀抱。荒诞得到承认，也被接受，人只好安之若素，而且我们知道，从这一刻起，他就不再是荒诞的了。困在这种生存境况中，除了能逃离出去，还会有什么更大的希望呢？我再次看到，存在派思想与流行的观点相反，充塞着一种不可估量的希望。从前正是这

1 《城堡》中唯一没有希望的人物，就是阿玛丽雅。土地测量员也正是同她的对立最为激烈。——作者原注

种思想，带着原始基督教和宣布救世的福音，掀动了旧世界。然而，在标志一切存在派思想的这种跳跃中，在这种一意孤行中，在这种无平面的神性的丈量中，怎么就看不到自暴自弃的一种清醒的踪迹呢？有人只是希望这是一种傲慢，放弃了就能获得拯救。这种放弃会结出丰硕成果。但是，拆东墙未必能补西墙。把清醒说成任何傲慢，结不出果实，这样讲并不能在我的眼里贬损清醒的道德价值。因为一条真理也一样，单从定义上看就不会有结果。所有明显的事物无不如此。在一个万事俱备而又什么都未解释的世界里，一种价值或一种形而上的丰产性，就是一个毫无意义的概念。

不管怎样，我们在这里还是可以看出，卡夫卡的作品遵循那种思想传统。从《审判》到《城堡》，认为这种步骤十分严谨，也的确不够聪明。约瑟夫·K和土地测量员，仅仅是吸引卡夫卡的两极。[1]我也要像卡夫卡那样讲话，我会说他的作品可能不是荒诞的。但是，这并不能排除我们所看到的他的作品的伟大和普遍意义，而这种伟大和普遍意义，源自他善于如此广泛地表现从希望到无望的悲伤，从绝望的明智到情愿盲目地日复一日地摆渡。他的作品具有普遍意义（一部真正荒诞的作品并无普遍意义），这体现在作品表现了逃避人类的人惊心动魄的面孔，从

1 关于卡夫卡的思想这两面，比较一下《在苦役犯牢中》“罪孽（请理解为人的）从来就不容置疑”，以及《城堡》的片段（莫缪尔的报告）“土地测量员K的罪名难以成立”。——作者原注

他的矛盾中汲取信仰的理由，从他富有成果的绝望中汲取希望的理由，还把他那骇人的死亡训练称为生活。作品具有普遍意义，也因为受到了宗教的启示。就像在所有的宗教里那样，人在作品里从自己生活的重压下解脱出来。不过，如果说知道这一点，如果说我也能欣赏的话，我也知道我寻求的，并不是普遍意义的东西，而是真实的东西。这两者可以不必同步而重合。

假如我说，真正绝望的思想恰恰是根据相反的标准确定的，而悲剧性作品，既已放逐了一切未来的希望，就可能成为一个幸福之人的作品，那么以这种方式看待问题，就会更好地理解了。生命越是激昂，毁掉生命的念头也就越荒诞。在尼采的作品中，我们感受到的那种绝妙的枯索，秘密也许就在这里。看来在这种思想观念上，尼采是从荒诞性美学得出终极后果的唯一艺术家，因为他的最后信息，正是寓于一种无结果进取的清醒中，寓于一种对任何超自然安慰的固执否定中。

在这篇论述的范围内，上述内容也就足以揭示卡夫卡作品的极大重要性。我们在他的作品中，被带到了人类思想的边缘。要充分理解“重要性”这个词的含义；可以说在他的作品中，一切都具有本质的意义。不管怎样，他的作品从整体上提出了荒诞问题。假如愿意的话，将这些结论和我们当初的观点拉近来，将内容和形式拉近来，将《城堡》隐秘的意义和情节展开的自然艺术拉近来，将K的激情而狂傲的探求和探求途中日常的布景拉近来，一经比较，就会明白卡夫卡的作品何以伟大。因为，如果说怀旧眷恋是人性的标志，那么也许任何人也没有像这样，赋予这些抱憾的幽灵以如此丰满的血肉之躯。不过，我们同时也能掌握，荒诞作品要求怎样特异的伟大，而这种伟大，也许在这部作品中找不到。如果说艺术的特质，就是一般与特殊相结合，一滴水的瞬间永恒与其光影相结合，那么更为确实的是，衡量荒诞作家的伟大要看他在这两个世界之间所能引入的距离。他的秘密便是善于在这两个世界的极不成比例中，找到两者准确的会合点。

说句老实话，人与非人性共存的这种精确地点，纯洁的心灵随处都能看到。如果说《浮士德》和《堂吉诃德》是艺术的卓越创造，那也是因为纯洁之心灵通过自己在人世间的手，向我们表明不可估量的伟大。然而，到了一定时候，精神总要否定这些手可能触碰的真理。到了一定时候，创造就不再视为写悲剧，而仅仅被认真看待了。于是，人关注起希望。不过，这又不是世人管的事。世人的事就是如何规避遮人耳目的骗术。可是，卡夫卡向全宇宙发起的猛烈诉讼，我看到末了正是遮人耳目的骗术。这场令人难以置信的宣判，最终不顾连鼹鼠都参与进来的冀望，开释了这个丑恶而癫狂的世界。[1]

---

1 上述看法，显然是对卡夫卡作品的一种诠释。但是不可不补充一句：除了各种各样的解释，也不妨从纯粹美学的角度来审视。例如，B. 格勒图森为《审判》所作的出色的序言，就比我们明智得多，仅限于亦步亦趋，追随他以惊人的方式称为的一个醒着的睡梦者痛苦的想象。道出一切，而又什么也不证实，这就是这部作品的命运，抑或它的伟大吧。——作者原注

三
个
圈

经典就读三个圈　导读解读样样全

三个圈
独家文学手册

导读
在荒诞中弃绝希望，挺身反抗

张博

（法国巴黎索邦大学文学博士）

背景、体裁与前期准备

在1941年2月21日的一则笔记中，加缪这样写道：“完笔西西弗。三荒诞完成。自由之发端。”[1]所谓“三荒诞”，分别指加缪构思于1937年、完成于1940年的小说《局外人》，构思于1937年、初稿完成于1941年的戏剧《卡利古拉》[2]以及构思

1 Albert Camus, *Carnet 1938–1944*, in *Œuvres complètes II*, Bibliothèque de la Pléiade, Gallimard, 2006, p. 920.

2 加缪在1939年即写出了《卡利古拉》的初稿，并于1941年完成《卡利古拉》初版定版。之后，他又于1944年推出剧本的深度修订版，并成为该剧1945年首演时使用的底本，1958年加缪又对原剧本做出微调推出新修订版。

于1936年、完成于1941年的随笔《西西弗神话》。在加缪的最初构想中，这三部体裁各异的作品可以在“荒诞”这一共同主题下形成三位一体，从不同侧面、以不同方式切入荒诞。加缪在1940年春写给他的文学启蒙导师让·格勒尼耶的一封信中这样写道：“很久以来我一直在着手草创这样一部作品，它会延续很多年并且要用不同的形式表现……今天也许还没有做到，但已经接近了，无论对或不对。我因此下了许多功夫并且已经有了不少进展（一出已完笔的戏剧，一本写了四分之三的小说和一部完成一半的随笔——三者论述同一主题）。”[1]在加缪的构思中，“三荒诞”其实从属于“一部作品”，三者密不可分，因此加缪希望三者能够被读者同时了解，正如1941年5月加缪的文坛长辈帕斯卡尔·皮亚给加缪的一封回信中提到的：“我刚刚赶紧知会了让·波朗，说你有三部手稿准备发表，以及你坚持，如果可能的话，将它们同时发表。”[2]由此亦可看出，“三荒诞”之间在思想性上的亲缘关系。读者在阅读《西西弗神话》的同时，亦值得对《局外人》和《卡利古拉》加以关注，以此更全面地把握加缪的创作意图。

作为“三荒诞”的收官之作，《西西弗神话》哲理随笔的形式比小说和戏剧更加系统地表达了加缪对荒诞的定义与认知，可以视为加缪关于荒诞的一次系统性梳理，而非仅仅是对

---

1 Albert Camus-Jean Grenier, *Correspondance 1932–1960*, Gallimard, 1981, p. 39.

2 Albert Camus-Pascal Pia, *Correspondance 1939–1947*, Fayard-Gallimard, 2000, p. 61.

《局外人》或《卡利古拉》的某种注解或阐释。在他1939年10月写给日后的第二任妻子弗朗西娜·福尔的一封信中，加缪这样写道："之前我从我的小说写起，我最近开始着手的是我的随笔。它对我而言比小说成熟得多。"[1]

不过，这部在加缪自己心中比《局外人》"成熟得多"的随笔却并不那么易于进入。首先需要理解的是，这部作品的体裁是随笔，在法语中称之为"essai"。在加缪的私人信件中，每每提及《西西弗神话》，他一贯以"随笔"代称。在书籍正标题之下，加缪更明确使用了"Essai sur l'absurde"[2]（关于荒诞的随笔）这一表述，正式定义了这部作品的文体。随笔在法国文学史中源远流长，语调自由随和，内容更加个人化和抒情，往往具备思想性但并不以体系化的方式呈现。其中最知名的范例，便是蒙田的《随笔集》。自1931年以来，伽利玛出版社专门新设了一个名为"散文"的作品系列[3]，其中许多文本都成为加缪的阅读资源。《西西弗神话》正是"散文"文丛中的第十二本。1939年2月，在一封致让·格勒尼耶的信中，加缪写道："我正在为我关于荒诞的随笔努力着。我不再打算把

1 转引自Olivier Todd, *Albert Camus. Une vie*, Gallimard, 1996, p. 282.

2 Albert Camus, *Le mythe de Sisyphe*, in *Œuvres complètes I*, Bibliothèque de la Pléiade, Gallimard, 2006, p. 217. 本文涉及《西西弗神话》的引文除特别交代，均出自李玉民教授的译本。个别段落有调整，其他引用文献则为笔者自译。

3 从20世纪30年代到40年代初，先后收入马克思·舍勒的《怨恨的人》、保罗·瓦雷里的《艺术散论》、安德烈·纪德的《日记片段》、索伦·克尔凯郭尔的《焦虑之概念》（又译《恐惧的概念》）《论绝望》《哲学片段》《日记》、马丁·海德格尔的《什么是形而上学》等。

它做成一篇学术论文。这将是一部个人化的成果。”[1]所以，不能把《西西弗神话》视为一部纯粹的学术思辨，必须充分体认其中的个体性与加缪的个人化风格。随笔中涉及的许多荒诞经验直接来自加缪的人生：险些致命的肺结核、第一次婚姻的彻底失败、从小熟知的底层社会等，这都让他充分体验到内在欲求与外部世界之间的巨大间隔。而加缪在随笔后半部分论述的诸种“荒诞人”，亦即那些能够对荒诞保持清醒意识同时继续行动之人，包括唐璜、演员、征服者与创造者，也都与他的生活经历密切相关。所以，《西西弗神话》首先是一次加缪的自我诊断与自我梳理，他想知道自己何以为生，可以有何作为，最终从这一个人化的视角出发泛化至人类的普遍经验。

同时，《西西弗神话》虽非纯粹的学术著作，又不完全是一部直抒胸臆的作品，其中既有加缪私密的生命经验，又夹杂着许多他关于文学史与思想史的体验与思考，构成一个颇为庞杂的互文体系。伽利玛出版社“七星文库”版《阿尔贝·加缪全集》关于《西西弗神话》的注释中提到：

> 我们可以想见这些加缪所偏爱的作家——马尔罗、普鲁斯特、麦尔维尔、陀思妥耶夫斯基、卡夫卡等——能够如何启发他对“荒诞性”的思索，1936年5月，他

1 Albert Camus-Jean Grenier, *Correspondance 1932–1960*, ibid., p. 34.

> 计划就此写作一部“哲理性作品”。1938年12月，工地似乎依然敞开；加缪记录了他的阅读文本：克尔凯郭尔的《论绝望》（由克努德·菲尔洛夫与让-雅克·加图翻译，1932年由伽利玛出版社出版），读了乔治·古尔维奇，《德国哲学的当代趋势》（富杭出版社，1930年）一书的作者。在大学里，勒内·普瓦里耶似乎曾引导加缪接触了胡塞尔、克尔凯郭尔和海德格尔；让·格勒尼耶，他的高中哲学老师与思想导师，促使他加深了对帕斯卡尔、圣奥古斯丁、普罗提诺、舍斯托夫的理解，舍斯托夫是俄国哲学家，尼采与陀思妥耶夫斯基的阐释者，著有《死亡之启示，陀思妥耶夫斯基与托尔斯泰》（1923年出版法译）以及《钥匙的统治》（1928年出版法译）。加缪对存在哲学的研究在1938年到1940年得到了深化；他还阅读了，例如蕾切尔·贝斯巴洛夫的《进展与抉择》（1938），书中谈及马尔罗、加布里埃尔·马塞尔、克尔凯郭尔以及“舍斯托夫面对尼采”。[1]

从这段注解中可以看到，一方面，加缪在文学与哲学方面的阅读准备颇为庞杂，思想资源也颇为丰富；另一方面，对于他在《西西弗神话》中提到的诸多哲学家，除了克尔凯郭尔

1 Marie-Louise Audin, *Notice*, in Albert Camus, *Œuvres complètes I*, Bibliothèque de la Pléiade, Gallimard, 2006, p. 1270.

和舍斯托夫这类已经有部分著作得到法译的思想家，其他诸如胡塞尔、雅斯贝尔斯、海德格尔等，加缪的阅读经验其实相对有限，更多时候仅仅是通过诸如《德国哲学的当代趋势》这类介绍性读本获得浮光掠影的印象，却又在此基础上大胆地展开个人化的解读。这也就难怪萨特在《西西弗神话》出版不久后善意地揶揄道："加缪先生不无卖弄地引用雅斯贝尔斯、海德格尔、克尔凯郭尔的文段，却似乎并非始终理解正确。"[1]作为在巴黎高等师范学院受过系统训练，能够阅读德语原文并且在柏林做过专门进修的哲学家，萨特的评价其实一针见血。要知道，在加缪书写《西西弗神话》的时代，海德格尔的早期思想代表作《存在与时间》甚至尚未译成法文（加缪去世后的1964年才出现了第一个完整法译本），虽然译有一本《什么是形而上学》，却远远不能代表海德格尔庞大的思想体系，而加缪并不能像萨特一样直接阅读原典[2]。因此我们完全有理由认为，在加缪当时对海德格尔的认知中，存在误读的成分，不宜对其论述过于较真。不过，加缪在《西西弗神话》中对这些哲人的评价，其本质并非试图厘清他们的哲学思想本身，而是借题发挥，谈论加缪自己的所思所想。用加缪自己的话说，他的

---

1 Jean-Paul Sartre, *Explication de « L'Étranger »*, in *Critiques littéraires*, Gallimard, folio essais, 1947, p. 94.

2 更为致命的是，在20世纪40年代以前法国学界对海德格尔的介绍中，其思想的核心概念"Dasein"（此在）被笨拙地译作"人类的实在性"（réalité humaine），这就对法国读者理解海德格尔的本意造成了障碍。

目标也不是要去书写一部当代德国哲学史，而是“论述一种在这个世纪四处可见的荒诞感受，而非一种确切说来我们的时代尚不了解的荒诞哲学。因此，出于一种基本的诚实，首先需要指出，它受惠于一系列当代思想”。“受惠”一词，充分指明了这些思想资源对加缪的意义。用中国古人的话说，不是“我注六经”，而是“六经注我”，是利用这些经典文本进行自我阐释，哪怕是误读甚至故意曲解。因此，重点不是去分析加缪对德国当代哲学的理解是否深入到位，而是加缪以这些思想资源为引，究竟勾连出他自己的哪些思路。在此，笔者将顺着加缪随笔中的写作顺序，分析其中的逻辑思路与文本意涵。

题词与引言

在《西西弗神话》的开篇题词中，加缪引用了一句古希腊诗人品达的诗句，李玉民教授将其译作“吾魂哟勿求永生，但尽人事之可能”。这文采斐然的译笔也许略显晦涩。如果把加缪使用的法语译文直译过来，意思是“哦我的灵魂，不向往永恒的生命，而去竭尽可能性的领域。”（Ô mon âme, n’aspire pas à la vie immortelle, mais épuise le champ du possible.）加缪的这句引文直接点明了全书的根本诉求：他试图描述与思考的，不是永生与不朽，而是有限生命中的此世价值，是如何尽一切可能最大限度地经历生活。重点在于人类有死的生命，在于当下的生存以及对彼岸或来生的抗拒。这段题词为全书打下了一个根本性基调。

紧接着，在正文开始前的引言中，加缪开宗明义地提出："荒诞，迄今为止，一直被当作结论，而在这部论著中，则视为出发点。"这一论点与其青年时代的思想一脉相承[1]。他在1938年对萨特《恶心》的书评中便已经写道："确认生命的荒诞性绝不可能是一个终点，而恰恰是一个开始。"[2]换句话说，在《西西弗神话》中，加缪的目的不会停留于归纳荒诞的种种表象，而是要将其视为一个思考的起点，继而从中得出具体的生活行为准则。

《荒诞与自杀》

从这一基本立场出发，加缪进入了《西西弗神话》正文的论述，并提出了全书中的第一个系列问题：如果生活是荒诞的，是否应该自杀？自杀，能否视为对荒诞的有效解决方式？否认生活的意义，是否意味着生活不再值得经历，是否应该在对某种彼岸的希望中安身避祸？正如加缪自己所说，"判断

1　参阅张博：《导读：作为起点的〈局外人〉》，载加缪：《局外人》，金祎译，读客经典文库，南京：江苏凤凰文艺出版社，2019年2月第1版，第131-158页。

2　Albert Camus, *« La Nausée » par Jean-Paul Sartre*, in *Œuvres complètes I*, Bibliothèque de la Pléiade, Gallimard, 2006, pp. 795-796.

人生是否值得，就是回答哲学的根本问题”。加缪提出的这一系列问题，本质上都是属于伦理学范畴的问题，关注的是人活于世究竟应该如何生存。讨论自杀，不是沉迷于自杀本身，而是指向生存的意义。而自杀，恰恰是生存或者毁灭这一问题中最为极端的一种情况。以自杀作为切入点，便把生命中必然遭遇的荒诞感可能导致的结果置于最紧迫的视阈中。加缪完全取消了社会学、心理学层面上对于自杀问题的探讨，而是将其引向对个人生命意识的深入思索。面对荒诞，生活是否还能拥有意义？意义为何？如何获取？这便是加缪在全书第一章第一节《荒诞与自杀》中尝试提出的问题。

《荒诞与自杀》的主要思路不难把握，其中需要特别指出的，是加缪对所谓“希望”的抗拒——“闪避死亡成为本文的第三主题，即希望。希望另一种必须‘值得’的人生，或者像那些弄虚作假的人，他们活着不是为了生活本身，而是为了超越生活，把生活崇高化的伟大思想：这种弄虚作假赋予人生以某种意义，同时也背叛了人生。”熟悉加缪生平经历的读者也许知道，在第二次世界大战结束之后的1946年，加缪将其在伽利玛出版社主编的第一套丛书取名为“希望文丛”，其中的开卷之作便是勒内·夏尔的《修普诺斯散记》。短短几年之间，“希望”一词的褒贬在加缪笔下发生了翻天覆地的变化，应该如何理解？在《西西弗神话》中，“希望”为何呈现贬义？对于这一问题，我们可以从加缪更早期的文字中得到回答。1937年加缪曾在一篇散文中这样写道：

> 从蠢动着人性之恶的潘多拉魔盒中，希腊人曾让希望在其他一切之后飞出，视其为所有事物中最可怕的一件。我不知道有什么比这更动人的象征。因为“希望”，与人们通常认为的相反，等同于顺从。而生活，恰恰是不顺从。[1]

在这段叙述中，加缪改写了古希腊神话中关于潘多拉的故事[2]，“希望”不再是潘多拉魔盒中唯一未能飞出之物，而变成了最后飞出之物——“希腊人曾让希望在其他一切之后飞出”（les Grecs firent sortir l’espoir après tous les autres），意指希望亦飞了出去，这与原本的潘多拉神话并不吻合。但正是这一改写透露出加缪的真实想法：古希腊人未必认为“希望”是“所

---

1 Albert Camus, *Noces*, in *Œuvres complètes I*, Bibliothèque de la Pléiade, Gallimard, 2006, p. 126.

2 公元前8世纪赫西俄德在《工作与时日》中曾详细地讲述过这段神话，也是最古老的版本：当普罗米修斯从诸神处盗取火焰交给人类之后，宙斯出于报复命令火神赫淮斯托斯用黏土制作了一位人类女性潘多拉，并由诸神赋予其各种禀赋和性格，包括美貌、欲望、谎言、狡黠等。然后，宙斯让奥林匹斯山上的每一位神明以礼物之名在送给潘多拉的陶罐中封存各类致死的灾祸，继而把她交给了普罗米修斯的弟弟作为妻子。潘多拉的古希腊语名“Πανδώρα”便是“πᾶν”（一切）与“δῶρον”（礼物）的结合，但这“礼物”一词无疑是一种反讽。潘多拉的陶罐被打开之后，从中飞出了灾厄、疾病、苦难、衰老，直至最后一物“希望”在即将飞出之前被盖在了罐中。人类也从此告别了无忧的安乐乡，进入了有死的时代。16世纪以后“陶罐”渐渐演变成“盒子”，于是有了今天我们熟知的“潘多拉魔盒”。

有事物中最可怕的一件”，持这一看法的正是加缪本人。加缪认为希望把之前的一切灾难合理化，这才是最可怕、最终极的灾难，他反对为了某种缥缈的希望而甘心与正身处其中的生活境遇妥协。加缪此处的“希望”特指这样一种状态：人们觉得未来终究会自然变好，所以停止一切当下的行动，在停滞中默默等待那个美好希望的自发实现，并且忍受一切不堪忍受的现实，换句话说，人们为了一个对未来的愿景而牺牲了当下的生活与行动。加缪写完这篇散文时的1937年，也正是他开始构思《西西弗神话》的时间，在他当时写作的一系列散文中，可以看到许多关于此类“希望”的论述：

> 在恐怖与沉默之间，清醒地确认一种不含希望的死亡。[1]
>
> 面对希望与色彩的死亡，我确信，当抵达生命尽头的时候，那些配得上“人”这一称呼的人必将再次寻获这青春时的促膝长谈，否认他们过去的某些想法，并恢复古人面对命运时目光中闪耀的纯真与诚实。[2]
>
> 在这片天空上方，没有任何蛊惑人心的神明曾勾画希望或赎罪的标记。[3]

1 Albert Camus, *Noces*, ibid., p. 113.

2 Albert Camus, *Noces*, ibid., p. 114.

3 Albert Camus, *Noces*, ibid., p. 124.

从这些被凝固在永恒线条上的脸颊中，他们以希望为代价彻底驱除了精神的诅咒。因为身体无视希望，它只懂得血液的奔流。[1]

在这一系列“希望”中，可以明显感觉到一种类似于彼岸与来世的宗教意义——现实中的苦难无关紧要，因为还有神所允诺的来生。这正是加缪竭力抗拒的内容。《西西弗神话》中的“希望”，也完全承袭自此。加缪在起始处便接受了尼采的判断：上帝死了，最高价值已经自行贬黜。而加缪要思考的问题是，在这一前提下，人类究竟应该如何行事，如何重建属于人类的尊严。这也回应了开篇品达的那句题词：“哦我的灵魂，不向往永恒的生命，而去竭尽可能性的领域。”所以上文提及的这类“希望”，在加缪眼中完全不可接受，它非但不是对荒诞的逃离，反而是对荒诞的臣服。而在“二战”后，加缪之所以将其主编的丛书定名为“希望文丛”，是因为这里的“希望”特指为了一个美好未来的实现而在当下努力行动，从而让那个希望通过我们自己的努力成为可能，就像勒内·夏尔手执武器英勇战斗直至解放的黎明到来。在这个意义上，《鼠疫》正是对此种新希望的书写[2]。简而言之，加缪对“希望”

1 Albert Camus, *Noces*, ibid., p. 129.

2 参阅张博：《导读：〈鼠疫〉，决定性的进步》，载加缪：《鼠疫》，李玉民译，读客经典文库，南京：江苏凤凰文艺出版社，2020年5月第1版，第277–303页。

一词进行了重新定义，从对生活的不顺从引发人类当下的行动，而非把一切寄托于来世或者某种至高存在，在他看来这才是真正的希望所在。两个“希望”，在加缪笔下是同一个词汇（l’espoir），但在不同的语境中意义完全相反，究其本质便是如何面对当下的生活，是将其牺牲还是亲手把握。这也是《西西弗神话》中反复探讨的内容。

《荒诞之壁》

在接下来的第二节《荒诞之壁》中，加缪描述并分析了荒诞感如何在生活中出现并如墙壁般将人类围困。加缪对荒诞的发现与感悟，首先来自最普遍平凡的日常生活：

> 有时候，布景会坍塌。起床，乘电车，在办公室或工厂干四小时，吃饭，乘电车，再干四小时，吃饭，睡觉，而且星期一、星期二、星期三、星期四、星期五和星期六，全是同样的节奏，大部分时间里，这条路走得相当顺畅。不过有一天，突然萌生“为什么”的疑问，在这种带有惊讶色彩的厌倦中，一切就开始了。“开始了”，这很关键。一种机械生活的行止，到头来就是厌倦，但是厌倦也同时开启了意识的活动。厌倦唤

醒了意识，并且挑起了一系列状况。一系列状况就是不自觉地回顾生活链条，换言之，这是最终的觉醒。

在《局外人》的导读文章中，笔者曾经提及："默尔索是对我们每一个人生活的隐喻，这种以寻常历史时期为背景的框架使其可以轻易地与遥远时空之外的读者对话并令其代入自我。也正是这一以日常生活为背景的布置，越发使得'荒诞'显得如此避无可避，因为它无须特定的历史时机激发，而是无声无息却又无所不在地笼罩着我们的生活，让我们无处奔逃。"[1]在《荒诞之壁》中，加缪再次指向这一话题，荒诞不是某种抽象的思辨概念，而是日复一日的生活中每个人必然遭遇的处境。在谈完日常生活带来的荒诞之后，加缪又将目光转向个人的生命体验内部。他说：

他承认自己处于人生弧线的某一时间点上，从而表明他应当走完全部路程。他从属于时间了，不免心生恐惧，确认了时间是他的死敌。明天，他盼望明天，而他全身心本该拒绝的。肉体的这种反抗，就是荒诞。

1 张博：《导读：作为起点的〈局外人〉》，载加缪：《局外人》，金祎译，读客经典文库，南京：江苏凤凰文艺出版社，2019年2月第1版，第140页。

为何加缪认为“盼望明天”将引发肉体的反抗？因为“明天”同样意味着一种加缪试图抗拒的“希望”，把一切交给明天，等于放弃今天。在《西西弗神话》中他并未就此展开论证。不过他在20世纪30年代的散文中，曾对此做过详细论述，其核心便是“身体与瞬间的真相”：“这个真相会渐渐腐烂，其中覆盖着他们不敢正视的苦涩与高贵。”[1]身体必将腐烂，但它却是人类生命中体验世界的唯一媒介。瞬间必将逝去，但我们所有的幸福时刻都孕育于中。二者正是在这一意义上成为一组同义词，互为对方的补充。正如他早年写下的：“这便是我对生活的满腔爱意：一种对那些也许将离开我的事物所怀有的无声激情，一种火焰中的苦涩。”[2]在意识到人类的肉身必将腐烂时，便同时意识到必须在当下珍惜每一个一去不返的瞬间。人类必将在泥土中渐渐腐烂的身体，在加缪看来正是对永恒的驱逐和对当下的确证。对加缪而言，“当下”并非意味着人们寻常所说的达到结果之前值得珍惜或回味的一个个过程，因为当下的体验本身就是他所追求的结果。所以，肉体对应当下，对应今天，而不是所谓“明天”。不能把一切推到明天，必须把握今天，赢得当下。放弃今天，盼望明天，必然导致肉体的抗拒，引发荒诞。

1　Albert Camus, *Noces*, ibid., p. 129.

2　Albert Camus, *L'Envers et l'Endroit*, in *Œuvres complètes I*, Bibliothèque de la Pléiade, Gallimard, 2006, p. 67.

无论最普遍的外部生活还是最寻常的内在体验，荒诞都可能与我们猝然相遇。除此之外，面对现实的冷漠与世界的荒诞，人类对统一性与明晰性的需求无法得到满足，造成天然的矛盾。在人类对理性的向往与世界本身的非理性产生冲突之时，荒诞诞生了。面对如此多种类型的荒诞，人类的思想与智慧势必需要做出回应。由此加缪提及了一系列思想家——雅斯贝尔斯、海德格尔、克尔凯郭尔、舍斯托夫、舍勒、胡塞尔，他们“活跃在逻辑和道德领域，以不同的方法，或者抱着不同的目的，不遗余力地阻挡理性的阳关大道，要重新找到直通真理的路径”。在加缪看来，这是一批对荒诞产生了共同感受并且直面荒诞的思想家。在他们之间存在着一种“共同氛围”。从雅斯贝尔斯到海德格尔，从克尔凯郭尔到舍斯托夫，借助对他们的分析，加缪指出，在理性已无法彻底解释世界、生活已经被荒诞侵入的情境下，在废墟中寻找出路的努力极其必要而且紧迫。

《哲学式自杀》

在加缪看来，上面提及的一系列思想家，他们虽然已经对于荒诞产生清醒的认识，却未能将思考贯彻到底，反而最终回避了问题，浪费了荒诞能够带来的真正教益，这便是第三节《哲学式自杀》的主题。“荒诞”作为《西西弗神话》的核心关键词，其词源最早可以追溯至罗马帝国时期基督教神学中的一句拉丁语名言："Credo quia absurdum"（我相信因为这荒诞）[1]。加缪在阿尔及尔大学攻读哲学本科学位期间，便接触过这种非理性的悖论式论证。他在舍斯托夫等人的思想中看到了类似的变体。加缪在行文中这样评述：

> 舍斯托夫说道："唯一真正的出路，恰恰就在人类判断没有出路的地方。否则的话，我们还需要上帝干什么？大家转向上帝，只为获取不可能得到的东西。至于办得到的事，有人就足够了。"假如存在舍斯托夫哲学的话，那么我很可以说，他的哲学就由这段话全部概括了。舍斯托夫满怀激情，分析到最后，却发现了一切存在的根本荒诞性，可是他不说"这就是荒诞"，而是说："这就是上帝，还是信赖他为正理，即使这个上帝丝毫也不符合我们理性的范畴。"……这个上帝的伟大，就在于他不合逻辑。他的证据，就是他的非人性……舍斯托夫就是这样，接受荒诞和荒诞本身是同时发生的。确认了荒诞，就是接受了荒诞。舍斯托夫思想的逻辑不遗余力，就是揭示荒诞，以便让荒诞带来的巨大希望同时涌现出来。

1 这句名言的神学语境是：耶稣作为神之子的死亡之所以完全可信，是因为这完全不合逻辑，而他在死后复活之所以确凿无疑，是因为这完全不可能发生。

当理性无能于继续解释世界，便跃向非理性，用理性的失败去证明信仰的正确，最终引向“我相信因为这荒诞”式的悖论，收取一个宗教意味的彼岸“希望”，这样的“希望”是加缪最为抗拒和痛恨的。从荒诞感和荒诞经验出发，却得到一个这样的结果，在加缪看来完全不可接受。在加缪眼中，舍斯托夫在理解荒诞、揭示荒诞的同时，也彻底接受了荒诞、倒向了荒诞，甚至加强了已有的荒诞。所以，舍斯托夫没有真正解决问题，而是绕过了问题、回避了问题。“荒诞如果存在，那就存在于人的世界中。荒诞的概念从转化为永恒跳板的那一刻起，就不再联结人的清醒认识了。荒诞不再是人确认而又不认同的这种明显事实了，回避了斗争。人融入荒诞，在这种融合中，抹去了自身的根本特征，即对立、撕裂和离异。这一跳空，就是一种逃避。”在加缪看来，舍斯托夫最终投身于这种神学式的信仰逻辑，就是背弃了人类尝试理解世界的根本需要，他通过跃向上帝完成对理性的否定，实际抵达的却是一种思想的自毁。克尔凯郭尔的路径亦是如此。加缪提出：“我若是坚守存在哲学，就会明白全部存在哲学无一例外，都向我提议逃离。存在哲学的哲学家们，从理性废墟上的荒诞出发，在一个封闭的并限制人的世界里，运用一种奇特的推理，神化了压垮他们的东西，并在剥夺他们生存条件的环境中找到一种希望的理由。这种勉为其难的希望，在所有人那里都有宗教的本质。”对于把“上帝已死”作为人生预设的加缪而言，此类思想中的宗教本质不可接受。在这里，有一个细节需要读者特别注意。加缪将舍斯托夫、克尔凯郭尔等人的思想称为“存在哲学”（la philosophie existentielle），绝不可将其与日后以萨特为代表的“存在主义”（existentialisme）混为一谈。存在哲学，在思想史中特指一种“二战”前的非理性思潮，以舍斯托夫为代表。舍斯托夫的非理性主义通过破坏从柏拉图到胡塞尔的理性哲学体系，从荒诞经验中引出一种神圣的信仰维度，遭到加缪的坚决反对。至于萨特式的存在主义，与《西西弗神话》没有直接关联，《存在与虚无》出版于1943年，加缪在构思过程中并未参阅。只能说两本著作呈现出时代的共有氛围，分享着一种思想的默契。随笔出版后，加缪也明确表示过自己不是一个存在主义者。在思想根源处，加缪认为世界存有先天本质——亦即上文所谓“身体与瞬间的双重真相”——并非如萨特一般认为，一切都是后天的生成与选择，不认为历史或者人生必须在完结之时才能定义和评价，相反生命的价值已经被包含在每一个生命瞬间之中，值得付出加倍的热爱。加缪的世界里有一颗坚实的果核，这颗果核来自他质朴的生活经验，来自他双眼的注视与双手的抚摩，不是纯粹的逻辑思辨，不是巴黎高师天之骄子们的清谈玄思。这也是为何加缪同样否认自己是“一个哲学家”，虽然他的著作并不缺少抽象思维。在1945年的一次访谈中，加缪直白地说道：“我不是一个哲学家。我对理性不够信任，无法信服某种体系。让我感兴趣的，是去了解应该如何做人。更具体地说，当我们既不相信上帝也不相信理性时可以怎样做人。”[1]所以，相比抽象思辨，加缪更关心如何具体地“做人”，他谈论问题的方式，也总是以其个人生活经验作为出发点。加缪的言说方式更类似于伦理学家。《西西弗神话》中的种种探讨，也始终围绕着人生在世应该如何行为处事这一核心伦理诉求徐徐展开。

在对舍斯托夫与克尔凯郭尔的思想进行批判之后，接着，加缪又谈起另一类思路，由胡塞尔与现象学家所代表。加缪认为：

> 现象学不肯解释世界，只想成为过来人的一种描述……不是用一种事物解释所有事物，而是用所有事物解释所有事物。我看不出这有什么差异。这些理念或者这些本质，固然是意识每次描述之后“推出来”的，作者还不想使之成为完美的模式，但是肯定它们直接出现在认知的各种材料中。再也没有唯一能解释一切的理念了，只有赋予无限对象以一种意义的无限本质。世界静止不动了，可是也明晰了。柏拉图的现实主义变为直观直觉了，但总归还是现实主义。克尔凯郭尔陷入了他那上帝的深渊，巴门尼德则将思想推入单一中。而在这里，思想又投入一种抽象的多神论里。

1 Albert Camus, *Interview à « Servir »*, in *Œuvres complètes II*, Bibliothèque de la Pléiade, Gallimard, 2006, p. 659.

很显然，加缪对现象学的理解与现象学在思想史中的真正价值相去甚远。不过，加缪的这一误读也充分体现了他的真实意图：在他看来，胡塞尔的现象学理论虽然表面上将一切明晰化，却也使一切变得简单，停留在事物表面，理性貌似大获全胜，终于得以解释世界的一切，实质却是一种由理性绝对主导的简化，无视或者抹杀了世界的非理性维度。“对我来说，这丝毫也没有改变什么。我在这里找到的，绝非那种对具体的喜好、人生状况的意义，而是一种智力主义，相当有恃无恐，要将它自身的具体普遍化。”在加缪眼中这样的思路同样不可接受。

加缪认为：“荒诞既不寓于人，也不寓于世界，而在于两者一起出场。”“一边是人的呼唤，另一边是世界毫无理性的沉默，这两者对峙便产生了荒诞。”如果说舍斯托夫的理论取消了人对理解万物的欲求和呼唤，把一切交给上帝，从而使荒诞不再寓于人，那么胡塞尔的理论则磨灭了世界无理性的沉默，将其还原为一种静态的极端理性，令荒诞不再寓于世界。“一边是现实的极端理性化，势欲将现实拆分成理性型范，另一边则是现实的极端非理性化，势欲将现实神化。”加缪将这两类思维通称为“哲学式自杀”，它们都没有把荒诞逻辑坚持到底。

由此可知，《哲学式自杀》一节，是《西西弗神话》中的“反题”，是加缪认为需要避免的思维状态，是思想在荒诞中迷失的失败范例。而加缪心中的“正题”，亦即荒诞推理的正确方式，便是下一节《荒诞的自由》。

《荒诞的自由》

正是在这一节中，加缪明确回答了全书开篇便提出的问题——自杀。他这样写道：

> 谈自杀之前，先得了解，人生是否有意义，是否值得一过。在这里似乎正相反：人生正因为没有意义，就更值得一过。人生经历一种体验，遭遇一种命运，就是完全接受。然而，知道这命运是荒诞的，人就不会去经历了，除非自己千方百计，要把意识认清的这种荒诞保持在面前。否定荒诞赖以生存的对立项中的一项，就是逃避荒诞。取缔有意识的反抗，也就是回避问题。持续革命的主题，就这样转移到个人体验中了。生存，就是让荒诞随之生存。让荒诞生存，首先就是正视荒诞……相反，荒诞只有当人背离它时才会死去。因此，唯一前后一致的哲学立场之一，就是反抗。反抗，就是人同自己的茫然、不解永恒的对抗……反抗，即时时刻刻都质疑世界……反抗，就是人时时刻刻面对自身。反抗不是憧憬，反抗不抱希望。这种反抗，仅仅是确认一种不可抗拒的命运，但是缺少本应伴随这种确认的听天由命……可能有人以为，自杀紧随着反

> 抗。其实不然。因为，自杀并不表明反抗的逻辑结局。自杀因意味着首肯，恰恰同反抗背道而驰。自杀，同跳跃一样，接受了自己的局限性……这种反抗将自身的价值给予人生。反抗贯穿人生的始末，恢复了生存的伟大……人类的自尊是一种无与伦比的景观。一切贬低在此都将毫无意义。这种精神自律的守则，这种由万事万物锻造而成的意志，这种直面的态度，这一切中包含着某种强大而独特之处。现实的非人性造就了人的伟大，削弱这种现实，也就同时削弱了人自己。于是我明白了为何这些学说在向我解释一切的同时却让我变得衰弱。它们卸下了我生命的重担，而我本该独自背负。

加缪的这一论断可谓整部《西西弗神话》的题眼，也是对其个人观点最为明确的表达。加缪提出两条基本行为准则：第一，对荒诞保持清醒的意识，不回避，不躲闪，不掩饰，不美化；第二，绝不因荒诞存在而放弃人生，而是以反抗的态度逆流而上。加缪认为，意识到人类有死的人生，并不意味着生命意义的消解，对荒诞的反抗本身，将重新创造意义。人与世界的疏离造成了荒诞，这是每一个现代人必须正视的“命运”，更是每一个勇者必须承担的痛苦；而当他们坚定地再一次踏入世界，这便是他对荒诞命运的反抗，人生的意义因此诞生。抓住这一点，便抓住了加缪在整部随笔中的根本诉求。

加缪将对荒诞的意识与反抗树立为面对荒诞的根本行动原则——“意识和反抗，这类拒绝与弃世背道而驰。人心中一切难以克制的、激情澎湃的力量，无不激励意识和反抗同他的生活较劲。”紧接着，加缪强调，既然荒诞已经一劳永逸地消解了希望，崩碎了彼岸，灭绝了上帝，它便将一切迫入对当下的聚焦之中。“荒诞在这一点上启发了我：不存在明天。”永恒，就以这样一种方式被加缪决然驱离。这便连缀起加缪在《荒诞之壁》中对明天的抗拒与对今天的执着。于是一种激情诞生了，这种激情漠视未来，试图探索现有的一切，这再次与品达的题词联系在了一起。“竭尽可能性的领域”，正是这种激情的实际内容。所以加缪用生活的“数量”取代生活的“质量”，其真实含义正是对这种“可能性”的探测与扩展。与此同时，“如果说荒诞完全打消了我获取永恒自由的可能性，它反而还给我，并激发我的行动自由。剥夺了希望和未来，倒意味着增加了人的不受约束性。”对于这种不含希望的自由，加缪试图最大限度地在人生中加以把握。于是，在对荒诞的清醒意识中，加缪体会到自己的反抗、自由与激情。这便是加缪从否定走向肯定、从消极走向积极的逻辑路径。“我仅凭意识的手段，就把邀人死亡的观念变为生活的准则。”

之后的两章《荒诞人》与《荒诞创作》，其本质都是围绕这一根本生活准则展开的。《荒诞人》提出并分析几种可能的人类行为类型，他们如何典范性地展现了荒诞世界中的反抗、激情与自由。《荒诞创作》则分析归纳了荒诞经验在文学创作中的表现方式与价值，两章就其内容本身而言并不难理解。现在，就让我们直接进入整部随笔最抒情、最文学化也最具隐喻性的最后一章——《西西弗神话》。

《西西弗神话》

如何理解加缪笔下的西西弗？这个古希腊神话中遭受永恒天罚的人物，在这里得到了这样的描写——他曾经反抗过死亡，设法骗过死神从地狱逃脱，然后：

> 当他（西西弗）重新看到世界的面容，享受流水与阳光，大海与温热的石块，他不愿再回到地狱的阴影中去。召唤、怒气与警告统统无效。许多年间，他面对着海湾的曲线、灿烂的大海与大地的微笑悠然生活。[1]

这是西西弗的第一次反抗，他抗拒死亡的虚无与地狱的阴冷，于是靠着他的智慧离开了那里，再一次生活在人间，活在

1 本处及下文涉及随笔终章的引文均为笔者重译。

他生命的“当下”之中，直到诸神的惩罚到来为止。西西弗的第一次反抗指出了这样一个真相：荒诞并不是世界的全部，它仅仅是世界的一部分。从加缪本人的立场出发，他的切身经历让他深深地感受到在这个荒诞的世界上依然存在着值得珍惜、值得敬畏、值得热爱的事物，他无法忽略“这个让我感到威力与勇力的世界”，无法“顽固地否认那些我的手掌抚摸与嘴唇触碰的东西”[1]。他在早年所著的未发表小说《幸福的死》中便曾说过：“幸福属于人间，永恒属于每一天。”[2]加缪不追求天使或永恒的幸福，他追求的是人间的一分一秒中切实可感的价值。这就是加缪力图确认的第一件事：在人类历史的疯狂与喧嚣之外，在世界的荒诞与痛苦之外，“海湾的曲线、灿烂的大海与大地的微笑”始终保存在那里，始终等待着被人类感受。从童年时起，地中海的清风与海涛教会加缪一种“对于简单的幸福某种壮丽的使命感”[3]以及一种与肉身之美“相得益彰的生活”[4]。“乱石、肉体、星辰以及所有能用手掌抚摸的真理”[5]，让加缪懂得热爱生命无须复杂深奥的逻辑。“这生命有着温热石块的味道，满载大海的叹息与渐渐响起的蝉

1 Albert Camus, *Noces*, ibid., p. 109.

2 Albert Camus, *La Mort heureuse*, in *Œuvres complètes I*, Bibliothèque de la Pléiade, Gallimard, 2006, p. 1177.

3 Albert Camus, *Noces*, ibid., p. 121.

4 Albert Camus, *Noces*, ibid., p. 118.

5 Albert Camus, *Noces*, ibid., p. 124.

鸣”[1]，期待着人们“敞开双眼与心灵”[2]。而这也正是逃离地狱的西西弗所感受与经历的东西。这是一个阳光与阴影、幸福与荒诞共存的世界，西西弗用他的经历暗示人们，向着阳光与幸福出发寻找人间的幸福并不是不可能。当然，他为自己对此岸人间的热爱而付出了代价，他将要背负起巨石，一遍遍向着山顶攀行，永无止境。而那时他将落入彻底的荒诞之中，大海与微笑都离他远去，剩下的只有一块永远推不上山的巨石。那么，负重而行的西西弗，他依然在反抗吗？

加缪本人的答案是肯定的，他把此时此刻的西西弗描述为“诸神中的无产者，柔弱无力却反抗不已”，但是，西西弗这个在地狱中一遍遍将巨石推向山顶又看着它滚下山去的神话人物，他既没有设法砸碎这块岩石，也始终没有离开这片山坡（在神话中他无法这么做），他的反抗究竟体现在哪里？

加缪的回答耐人寻味，他写道：

> 西西弗全部沉默的喜悦都在于此。他的命运属于他自己，他的岩石也是他的东西……如果说存在着某种个人的命运，却绝不存在任何至高的天数，或者至少可以说所谓天数在他眼中仅仅是一种不可避免与令人蔑视之物。在其他方面，他自知是其本人岁月

1 Albert Camus, *Noces*, ibid., p. 108.

2 Albert Camus, *Noces*, ibid., p. 106.

的主宰。在人类朝着各自生命转身的这一微妙时刻，西西弗回到了他的岩石面前，静观这一系列互不相干的行动，这些行动构成了他的命运，由他自己一手创造，在他的记忆注视下相互连接，并在不久后由他的死亡盖棺定论。于是，他确信在一切人类的事物中都有完全人性的根源……西西弗教诲着我们一种至高的忠诚，他否定诸神并将石块举起，他也认定一切皆善。这个从此没有主宰的宇宙对他而言既不荒芜也不肤浅。这块巨石上的每一点颗粒，这座被黑夜笼罩的大山上每一道矿物光芒，对他而且唯独对他来说构成了一个世界。朝向峰顶的奋进本身足以充实人类的心灵。应当设想西西弗是幸福的。

加缪认为，西西弗的反抗首先来自他对自身荒诞处境的确认与清醒。在他朝山脚走去的途中，他清楚地知道被自己努力推上山的巨石依然会滑落，而他却选择再次用肩膀抗住“荒诞”的巨石，并勇于承担一切。正是这种对自身的清醒意识使得他的行为拥有了一种英雄般的壮烈，使他不同于一个推石头的奴隶。就像加缪所说，西西弗“离开山顶并渐渐深入诸神洞府的每个瞬间，他支配了自己的命运。他比他推动的巨石更加强大”。于是推动巨石这一原本诸神对西西弗的天罚就变成了西西弗对他本人生命意志的磨砺，这便是他的第二次反抗，他反抗命运强加于他的这种无意义的惩罚，他反抗荒诞。尽管荒诞依然笼罩着世界，尽管他无法从这个世界中逃离，但他的命运却从此不再属于诸神（不再受诸神支配），而仅属于他自己。他在一个荒诞的时空中创造出一个新的世界，一个独属于他自己的世界。诸神设置这一天罚的目的，是希望让西西弗感到他所有的努力都是徒劳，感到意义与价值的彻底缺失，而这正是“荒诞”最令人惊恐的一面，但西西弗却用他一步步向上攀登的努力为他的生命重新创造出了意义与价值，于是开始了荒诞的败退与人性的胜利。西西弗是勇敢的，勇气教会他在一个荒诞的世界中义无反顾地生活下去，并以此守护着人之为人的尊严。当他以肉身之力推动象征苦难与荒诞的巨石并与之一较高下时，一个消极的关于永恒天罚的神话便转化为一种探寻生命意义的悲壮激励。就像加缪在之前章节中所写，“这种反抗仅仅是对一种不可抗拒的命运的确认，却并不包含本应与之相伴的屈从”。此时在西西弗内心涌动的不是懦弱与妥协，而是坚毅与勇力。正是此时此刻，他见证了诸神的失败，见证了整个荒诞世界的失败，因为人类依然在不屈不挠地为了生活而努力奋进：“朝向峰顶的奋进本身足以充实人类的心灵。”加缪的这句话点出了身处荒诞包围的西西弗身上所洋溢的人性力量。当他踏上征途时，便已预先将死亡放置在路的尽头，于是当他如愿走完全程，他所拥抱的，便不再是简单的成败生死，他在征途中所散放出的惊人璀璨的生命热力，无法以任何寻常的目光计量。生命之火，也正是这样以其全部的勇力抵抗着荒诞的威胁。西西弗的“荒诞意识”赋予他支配命运的力量，并因此彰显了他的生命意志，诸神的恶意与骄傲在此时灰飞烟灭。也正是在这个意义上，西西弗没有向“至高的天数”妥协，他虽“柔弱无力”，却“反抗不已”。

在随笔出版之后，加缪说过这样一段话：“我一直坚持认为，这个世界并无超凡的意义。但我知道这世界上的某种东西是有意义的，那就是人，因为人是唯一提出了生而有意义的生灵。”[1]加缪始终在寻找人类身上无法磨灭的人性，这正是他一生汲汲以求的目标。面对荒诞，一个既不相信上帝也不沉迷理性的人，做出了他的选择：弃决希望，挺身反抗。加缪在书写《西西弗神话》的过程中，便已经明确地提出要求：无论对荒诞及其后果做出怎样的分析评判，最后都必须在人生中身体力行，加缪用他一生的实践做到了知行合一。现在，便轮到作为读者的我们给出属于各自人生的关键抉择。加缪的这部随笔不仅要求得到细致的阅读理解，更呼唤每一位读者对日复一日的生活展开追问，对内心的欲求加以深思，严肃地选定自己的生活态度，思考究竟因何而活，以何为生。

1 Albert Camus, *Lettres à un ami allemand*, in *Œuvres complètes II*, Bibliothèque de la Pléiade, Gallimard, 2006, p. 26.

存在主义发展脉络图

存在主义形成于第一次世界大战后的德国。第二次世界大战之后，存在主义的中心由德国转移到法国，并在文学领域产生广泛而深远的影响。

存在主义以人为中心，探求人存在的意义，描述人的生存状况，揭露人与他人及世界的关系，并试图找到一条路径使人获得自由，恢复个性和尊严。纵然世界荒诞，人生无意义，但人可以自我造就，活得精彩。

存在主义先驱

克尔凯郭尔（1813—1855）

丹麦非理性主义哲学家、宗教神学家。

克尔凯郭尔从人出发，重视人的生存，认为人都有自己的个性，而人以外的东西都是没有个性的，而且会压制人的个性。人总是被恐惧、战栗、忧郁、悲观、绝望等情绪支配，而哲学应该描述、揭示人的这种生存状态。

尼采（1844—1900）

德国哲学家、思想家、文化评论家。

尼采认为理性扼杀了人的特性和本能，使人缺乏激情和创造性，变成一台机器，失去意义和价值。因此他宣布“上帝已死”，要“重估一切价值”，重新肯定人的意义和价值。

存在主义形成

海德格尔（1889—1976）

德国哲学家，存在主义哲学创始人。

海德格尔认为哲学应该研究人存在的意义。人因外界的影响而异化，因畏惧而放弃自由选择的权利，转而沉沦于日常生活。但人终究逃不过死亡，所以可以通过分析死来领会生。

雅斯贝尔斯（1883—1969）

德国哲学家、精神病学家，基督教存在主义代表人物。

雅斯贝尔斯认为哲学的目的就是通过揭示人的存在发现存在本身。人只有存在，才谈得上自由。人可以自由选择如何生存，如何行动。

存在主义发扬光大

萨特（1905—1980）

法国作家、社会活动家，存在主义代表人物。

萨特主张“存在先于本质”，即人存在才能决定自身。而人与人之间充满冲突和抗争，“世界是荒谬的，人是痛苦的”。但人是绝对自由的，可以自由选择和行动，如果不能，就是失去自我。

加缪（1913—1960）

法国作家、哲学家，存在主义文学、“荒诞哲学”代表人物。

加缪并不承认自己是存在主义者，但他同样关注人的生存，思考人的荒诞性。他认为反抗是消解荒诞的唯一路径，人的意义也存在于反抗的过程中。

存在主义文学的延续

贝克特（1906—1989）

爱尔兰作家，荒诞派戏剧重要代表人物。

贝克特认为人的感受才是人真实的生存状况，重视揭示现代人的困惑、焦虑、迷惘、孤独以及人与社会的脱节、自主意识的丧失。常以夸张荒诞的手法表现人类的苦恼。

约瑟夫·海勒（1923—1999）

美国当代小说家，黑色幽默流派代表人物。

约瑟夫·海勒深受存在主义哲学影响，面对荒诞社会和外界对人的压迫，只能报以苦笑。以喜写悲，以夸张、反讽、冷漠、克制的叙述方式表达人生的无奈。

存在主义文学作家作品

存在主义文学先驱

列夫·托尔斯泰	《克莱采奏鸣曲》(1891)
陀思妥耶夫斯基	《地下室手记》(1864) 《群魔》(1872) 《卡拉马佐夫兄弟》(1880)
卡夫卡	《变形记》(1915) 《审判》(1918) 《城堡》(1914)

存在主义文学

加缪	《卡利古拉》(1945) 《局外人》(1942) 《鼠疫》(1947) 《西西弗神话》(1942)
萨特	《恶心》(1938) 《墙》(1939)
波伏娃	《女宾》(1946) 《人都是要死的》(1946) 《名士风流》(1954)

荒诞派戏剧

贝克特	《等待戈多》(1952) 《美好的日子》(1961)
阿达莫夫	《一切人反对一切人》(1953) 《塔拉纳教授》(1953)
尤内斯库	《秃头歌女》(1950) 《椅子》(1952)
让-皮埃尔·热内	《女仆》(1947) 《阳台》(1956) 《黑人》(1958)
阿尔弗雷德·雅里	《愚比王》(1896)

黑色幽默文学

约瑟夫·海勒	《第二十二条军规》(1961)
冯内古特	《第五号屠宰场》(1969)
托马斯·品钦	《万有引力之虹》(1973)

《西西弗神话》深度阅读书单

哲学

亚里士多德	|	《形而上学》
雅斯贝尔斯	|	《哲学的远见》《哲学信仰与启示》
海德格尔	|	《存在的哲学》《什么是形而上学》
克尔凯郭尔	|	《哲学片段》《论绝望》《日记》
伯格森	|	《物质与记忆》
雅娜·海尔什	|	《哲学的幻想》
尼采	|	《查拉图斯特拉如是说》《权力意志》
		《非现实考虑》《黎明》《超善恶》
舍斯托夫	|	《钥匙的统治》
胡塞尔	|	《逻辑研究》《笛卡尔式的沉思》
塞内加	|	《论天命》
阿兰	|	《观念与时代》
埃斯库罗斯	|	《被缚的普罗米修斯》
斯宾诺莎	|	《伦理学》
纪德	|	《论陀思妥耶夫斯基》

文学

莎士比亚	|	《哈姆雷特》《奥赛罗》 《理查三世》
陀思妥耶夫斯基	|	《群魔》《地下室手记》《白痴》 《作家日记》《卡拉马佐夫兄弟》
卡夫卡	|	《审判》《城堡》《变形记》
萨特	|	《恶心》
伏尔泰	|	《哲学通信》《米克罗梅加斯》 《勒库弗勒小姐之死》《老实人》
普希金	|	《唐璜》
米洛兹	|	《米盖尔·马纳拉》
莫里哀	|	《恨世者》
卡尔德隆	|	《人生如梦》
麦尔维尔	|	《白鲸》
歌德	|	《浮士德》
塞万提斯	|	《堂吉诃德》

欢迎您从《西西弗神话》走进
读客三个圈经典文库

亲爱的读者，感谢您选择读客三个圈经典文库。

我们的封面统一使用“三个圈”的设计，读者可以凭借封面上形式各异的“三个圈”找到我们，走进经典的世界。

你想成为什么样的人?

对你来说什么是重要的?

这个世界应该是什么样子?

我们在生命中遇到的这些问题，或许可以在浩如烟海的文学经典中找到答案。

跟随读客三个圈经典文库，认识世界、塑造自我，成为更好的人!

《漫长的告别》

《西西弗神话》

《人间失格》

《人类群星闪耀时》

《鼠疫》

《小王子三部曲》

《局外人》

《月亮与六便士》

《基督山伯爵》

《罗生门》

读客三个圈经典文库

精神成长树

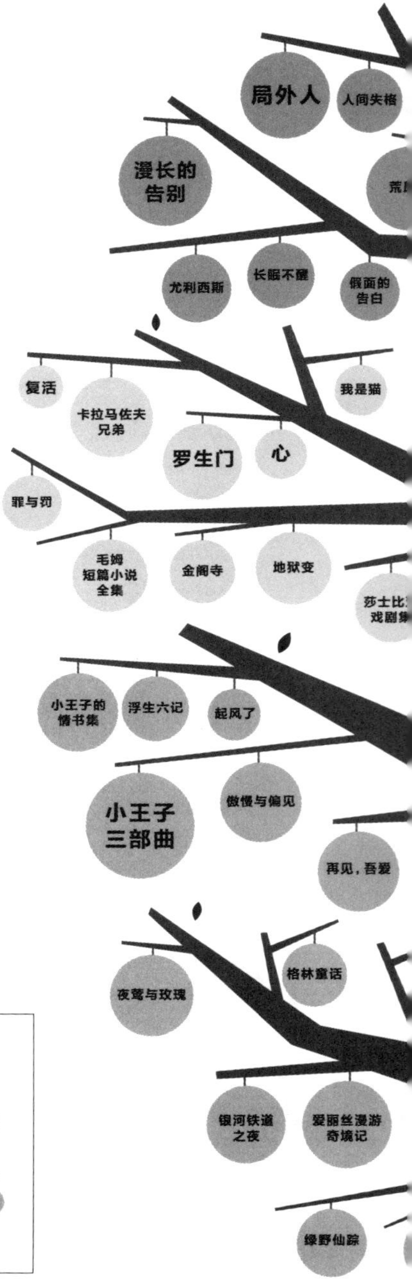

你想成为什么样的人？
对你来说什么是重要的？
这个世界应该是什么样子？

我们在生命中遇到的问题，每个时空的人都经历过，一些伟大的人留下一些伟大作品，流传下来，就成了经典。正是这些经典，共同塑造并丰富着人类的精神世界。

我们重新梳理了浩若烟海的文学经典，为您制作了精神成长树。跟随读客三个圈经典文库，汲取大师与巨匠淬炼的精神力量，完成你自己的精神成长！

树干：

不同的精神成长主题，您可以挑选任意感兴趣的主题进行深入阅读

例如：
寻找人生意义
探索自己的内心
拥有强大意志力
理解复杂的人性
…………

枝丫上的果实：

我们为您精选的经典文学作品

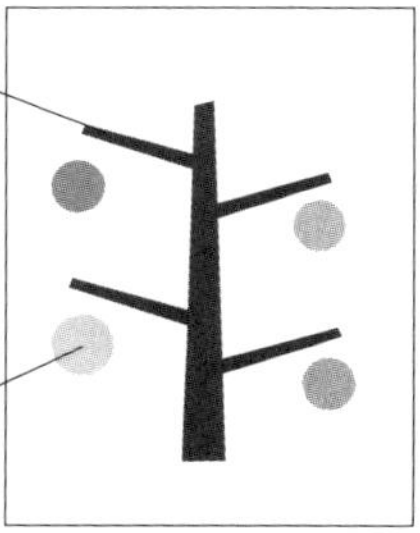

精神成长树示意图

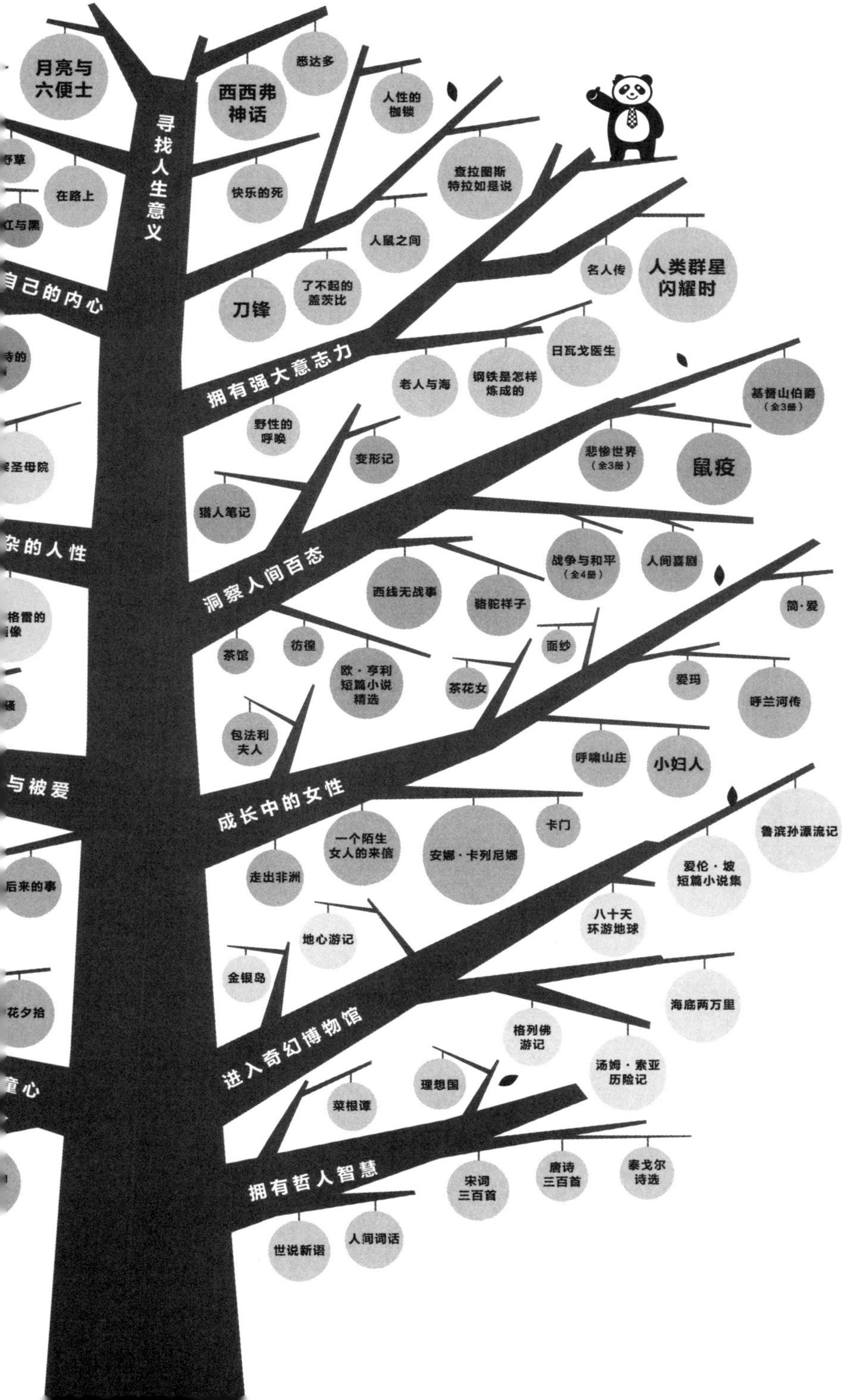

寻找人生意义
月亮与六便士
悉达多
西西弗神话
人性的枷锁
在路上
快乐的死
查拉图斯特拉如是说
人鼠之间
名人传
人类群星闪耀时
刀锋
了不起的盖茨比
拥有强大意志力
日瓦戈医生
老人与海
钢铁是怎样炼成的
基督山伯爵（全3册）
野性的呼唤
变形记
悲惨世界（全3册）
鼠疫
洞察人间百态
猎人笔记
战争与和平（全4册）
人间喜剧
西线无战事
骆驼祥子
简·爱
面纱
茶馆
彷徨
欧·亨利短篇小说精选
茶花女
爱玛
呼兰河传
成长中的女性
包法利夫人
呼啸山庄
小妇人
卡门
一个陌生女人的来信
安娜·卡列尼娜
走出非洲
鲁滨孙漂流记
爱伦·坡短篇小说集
进入奇幻博物馆
八十天环游地球
地心游记
金银岛
海底两万里
格列佛游记
汤姆·索亚历险记
拥有哲人智慧
理想国
菜根谭
宋词三百首
唐诗三百首
泰戈尔诗选
世说新语
人间词话

如果你喜欢《西西弗神话》
你可能也会喜欢“寻找人生意义”书单

《西西弗神话》
文库编号：160

《月亮与六便士》
文库编号：065

《了不起的盖茨比》
文库编号：007

《刀锋》
文库编号：049

《在路上》
文库编号：110

《悉达多》
文库编号：038

《人性的枷锁》
文库编号：043

《人鼠之间》
文库编号：094

读客

激发个人成长

多年以来，千千万万有经验的读者，都会定期查看熊猫君家的最新书目，挑选满足自己成长需求的新书。

读客图书以“激发个人成长”为使命，在以下三个方面为您精选优质图书：

1. 精神成长

熊猫君家精彩绝伦的小说文库和人文类图书，帮助你成为永远充满梦想、勇气和爱的人！

2. 知识结构成长

熊猫君家的历史类、社科类图书，帮助你了解从宇宙诞生、文明演变直至今日世界之形成的方方面面。

3. 工作技能成长

熊猫君家的经管类、家教类图书，指引你更好地工作、更有效率地生活，减少人生中的烦恼。

每一本读客图书都轻松好读，精彩绝伦，充满无穷阅读乐趣！

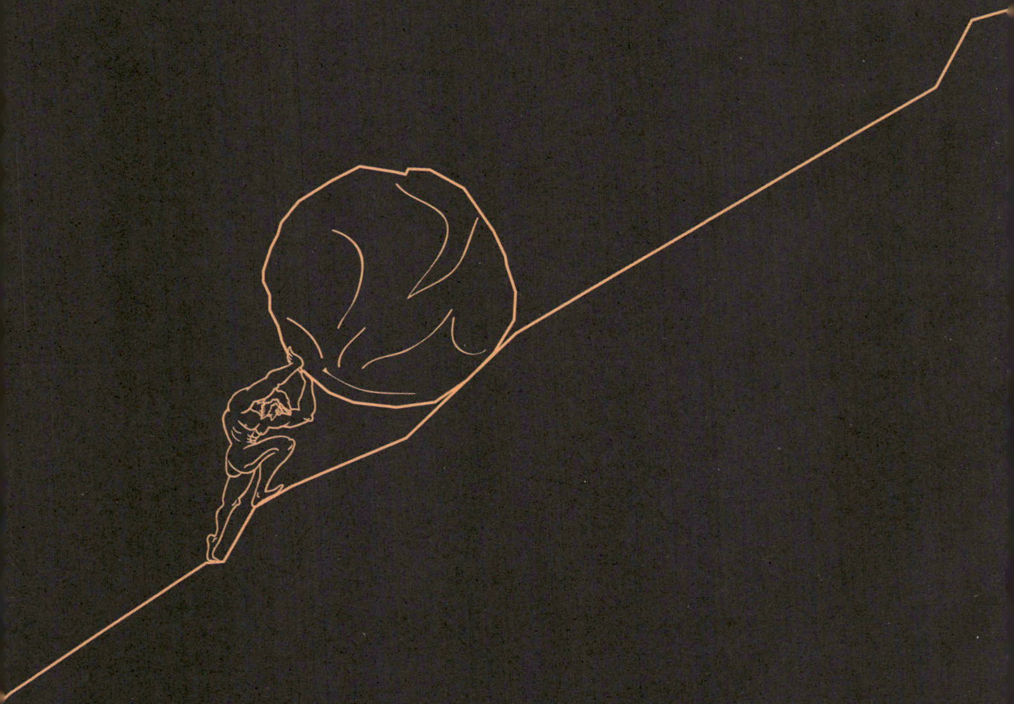